Awarded Novels
长青藤国际大奖小说书系

Northwind

乘风破浪的少年

〔美〕加里·保尔森 著
蔡鑫 译

晨光出版社

谨以此书献给詹妮弗·弗兰纳里——与我共事三十年的经纪人。

感谢她长久以来源源不断地为我书中故事的主题、地点、事件背景以及情节提供灵感。

前言
PREFACE

一个少年的奇幻漂流

这是一个关于勇气，关于探索自然和寻找自我的故事。

美国作家加里·保尔森讲述了这样一个故事：疫病肆虐，男孩利夫被迫向北远航，因为那里有“未受污染的洁净空气”。于是，他驾着一条独木舟出发了，并且听从老人的劝告，不回头，不回想，一往无前。

路途之中，利夫战胜病魔，劈波斩浪，同大自然斗智斗勇，最后让鲸、洋流，乃至风都成了自己的好友。他听到了海洋的心跳，也感受到了大海的脉动；他从中领悟到自己其实是“大自然的一分子”，是“整个世界的一分子”。他虽然不识字，但在一块木板上刻下了自己在现实和梦中的所见所闻。最后，他终于抵达了自己心心念念要去的地方——极北之地，却毅然调转船头，向南而去。

在这本书中，保尔森的笔触恢弘壮丽，令人着迷。他以优美的笔调刻画一幅幅生动的画面：时而风平浪静、时而波涛汹涌的大海；时而狰狞凶险、时而活泼贪玩的虎鲸；人怎样在荒野中生火搭屋、捕鱼烤肉；海豚如何在狂风海浪中嬉戏追逐、欢蹦乱跳……这些场景无不像一首首现代史诗。据保尔森所述，这本书写的正是他自己的经历。正是因为他亲身体验过航海生活的艰辛与欢乐，这本书才如此真实生动、引人入胜。

在平缓的叙事节奏中，这本书又不乏深入的思考。起初，主人公利夫远航只是为了躲避疫病。他并不知道自己应当何去何从，只是记得老水手说过，要向北，一路向北，因为那里更加安全。他与逆风搏斗，同洋流抗争，以为只有胜利者才能生存下来。然而，经过日复一日的漂泊，他发现风并未与他为敌，而是他的伙伴；发现大海并非他的战场，而是他的挚友。他掌握了风向的变化规律，能够从容自若地在逆风时歇息，在顺风时起航；他学会了倾听大海的心跳，不再在逆流中做无谓的挣扎。就这样，他让自己融入了自然。

还有，旅程开始时，他心中的目标很坚定：去北方，去避难。然而经过一场场大自然的洗礼，他有了底气，知道对于拥有一身本领的自己来讲，安身之地随处可见，而不止在北方。正如保尔森所说：“利夫历经磨难，是因为他选择的道路‘并不安全’，其实正如他所想，他的日子里根本没有‘安全’这种东西。然而，只要勇于面对危险与困苦，敞开心灵，时刻学习，乐于求知，再加上一些运气，我们便可以像利夫一样转危为安。”

希望小朋友们在读过这个故事之后，能够有所领悟，让自己更有勇气为心中的梦想拼搏，也更加确定心中的梦想究竟是什么。

蔡鑫

目录 CONTENTS

楔子

海之子传奇

就这样，他

被海上的女子所生，

被女水手所生，

小拳头紧攥着

　　一个血块。

这是一个征兆。

一个预示着他未来生活中

即将遭遇的艰难困苦，

以及危险日常的征兆，

　　一个源于这只小拳头与血块的征兆。

而这位母亲，无人记得她的名字，

确实因产子而亡；

而那位父亲，

他的姓名同样无人知晓，

与巨鲸搏斗，壮烈牺牲，

去了瓦尔哈拉[1]。

那孩子举目无亲

生来便成了孤儿。

形单影只。

他独自在码头，在船坞

吮吸蘸过酸臭羊奶与鱼油的布头

长大，

以别人发善心嚼软的残羹剩饭

为食，

身裹破布，

脚套手工拙劣的木雕鞋子，

几近半裸。

他就是那个孩子。

那个孩子。

---

[1] 瓦尔哈拉，北欧神话中的天堂之地，是位于神国阿斯加德境内的一座宏伟殿堂，由阿萨神族之王奥丁统治，传说中的英雄和国王也会来到瓦尔哈拉。（本书若无特殊说明，均为编者注）

他们唤他“码头小鼠”，

给他取名为利夫[1]，

因为没有码头工人

用这个名字。

他会走之后，

被他们带到了船上。

他的整个童年

都在一艘艘船上度过——

上船，下船，上船，下船……

名为利夫的码头小鼠

变成了船上之鼠。

他能干活后，

他们便让他补网，

缝补破网烂衣，

磨海豹叉。

要是他做得不好，

他们就用木杖打他。

他们还让他用油腻腻的鳗鱼肉做菜

[1] 利夫（Leif）在挪威语中是“大众情人”的意思。——译者注

给水手们吃，

说鳗鱼肉够软，

水手们晕船时容易呕出。

船漂洋过海，向北而行。

他们的目标并非鲸——

这种庞然大物实在难以猎杀。

他们将目光瞄准海豹，瞄准

它们富含油脂的肉与皮毛。

海豹皮一向是他们的心头好，

因为它如金箔般闪闪发亮。

向北，一路向北，那里的海豹皮

最厚，保暖性更佳。

男孩渐渐长大——五岁，

六岁，八岁，十岁，

到了十二岁，还是被人领着，

在船只之间游荡。

他步入梦境时，

整片海洋无甚差别；

他清醒时，

不仅各片海域，

就连一艘艘船、

一块块鳗鱼肉、

一次次呕吐，

还有一番番殴打

都大同小异。

冬天来了。

男孩的所在之地狂风大作，

冰冷的海水波涛汹涌。

有时酷寒袭来，

能把人的手指冻黑，

让人只能忍痛截去。

这时男孩就要往他们的伤口上涂油，

促进断指韧化。

他因那些人即使没有指头也能干活

而大为惊讶。

向北，一路向北。

为那如金箔般闪亮的

上等海豹皮。

最后他们来到极北之地。

向北远行的大船

　　在辽阔海峡中向东一转，

　　将他们送入草木丛生的荒野。

　　在一条小河入海的地方

　　建起了一座打鱼营地。

船把利夫扔在了那里。

跟他一起的，还有四位年老力衰、

身残体弱的水手，其中一位名叫老卡尔。

　　还有一个从一艘捕鲸船上

　　换来的小男孩。一名码头女工出行时

　　在那艘船上生了他。女人因难产而死，被葬于大海之中，

　　海员们用鱼露和死去的哺乳期海豹的奶水将他

　　养到学步之年。然而这孩子没了妈妈，

　　船员们又想免去培育他的麻烦，

　　因此用他换了一叠厚帆布。

他们叫这孩子“小卡尔”，因为

他没有别的名字。

营地里的他们

要在河口捕鲑鱼，
　　熏鱼肉，等待
　　向硕大海岛以北进发，
　　寻觅海豹的大船归来。
在阳光中，那里的海豹像黄金一样光彩夺目。
日复一日，他们捕到几百条银鲑鱼，
切下它们的肉，
　　放在手制熏架上熏烤，
　　直到鱼肉熏好。
　　最后他们熏出的鱼干
　　足够一艘船上的全体船员
　　至少吃上六个月。
日复一日，他们苦苦等待。
而船并没有回来接他们。
其实船永远都不会来。
因为这一带水情凶险，
急流涌动，风向变化无常，
　　暗礁遍布，死神常驻。
　　他们对此早已心知肚明，

因此最后猜测

他们已与那艘船永别，

船载着一众船员驶向了瓦尔哈拉。

他们在那里孤苦无依。

他们要离开那里，

走水路离开那里。

他们有一条小独木舟，

是他们用斧子以雪松凿成。

这条船本来为在河中叉鱼而制，

可惜他们人太多，小船装不下，

因此他们决定做一艘大些的船，

于是砍倒了一棵大树，

打算日后将其滚进营地。

他们要将自己的想法付诸实践。

他们得做到。

除非死神降临。

一

失去影子的人

无人知晓那艘漆黑的船是什么时候驶来的。没错，起初他们根本瞧不见它，只是凭借气味感知它处于浓雾之中。

浓雾中飘来一股死亡的气息。

深绿色的死亡气息掺着焦煳味、霉味和油腻味从雾中飘来，爬上乱石遍布的堤岸，翻过雪松独木舟，钻进他们用树皮搭的矮小棚屋，经过、环绕、穿过一切，悄悄潜入每一个角落，直到所有陷入沉睡的人都被闯入他们每次呼吸的气味呛醒。

死亡的味道。

那是从一艘大木船上飘出的味道。这艘船上挂着污渍斑斑的帆，那一片片帆有气无力地耷拉着，肮脏、破烂、皱巴巴的，随风飘来荡去，在雾气中若隐若现，让这艘黑黢黢、丑兮兮的船宛若蔓延开来的一片黑雾。

没有风，一丁点儿风的气息也没有，然而船在动。它随着潮汐从开阔的海域进入海峡，一路向前，悄无声息，被死寂笼罩。狂潮时进时退,对着静静漂在水上的木船时拉时推，最后把它送进营地前面的小湾中，仿佛有意而为之。

木船停下了。耐人寻味又确属巧合，出人意料又在情理之中。它散发着死亡的恶臭，臭味的源头是浸透鲜血的甲板；是有人曾在那里煮过小鲸、海豹、海豚——一切长有脂肪、可以被杀死、能够熬出油来的生物。一股股恶臭抢先而至，就像一声脏浊、无声的尖叫。

还有别的什么掺杂其中——濒死之人的味道。

起初是一片肃静，悄然无声，万籁俱寂，就连盘旋在熏架上空的乌鸦和渡鸦都没有发出一声鸣叫。夜色褪去，曙光乍现，迷雾缓缓消散，打着灰色的漩涡流向别处，直到恶臭的源头现出真容：它栖于海湾，又矮又宽，坚实厚重，船头一下一下地磕着岸边的鹅卵石。有一种令人失语的恐怖。

这时，有人出来了。

他们浑身脏兮兮的。

四个人跟这艘船一样，外表邋遢，味道难闻。他们从侧舷放下一条小小的作业船，爬上去。一个人用两支桨把小船划到卵石遍布的岸边，抵住不动，其他三人奋力爬了出来。

后来，营地里有一种说法流传开来：那四个人似乎是那艘船的残骸拼成的。他们脏得不像话，像枯枝一样了无生气，皮肤松松垮垮地挂在骨架上，双眼通红，眼窝深陷。他们张嘴笑着打招呼时，人们发现他们好多牙齿都不见了。

那四个人虽然令人望而却步，但还算客气，是那种别别扭扭的客气——他们很衰弱，连站都站不稳。他们口齿不清，因此大家弄不清楚他们的需求。一位老者后来说，那些人说话时，舌头总往缺牙的地方钻，说话有点儿磕绊，别人听不明白也正常。

“不，不。”那四个人中的一个摇摇头，然后又结结巴巴、不清不楚地说了几句，同时朝大海的方向挥了挥手。

“对，对。”另一个人点点头，接过话来，先指指大海，又指指海岸，仿佛那边的森林附近有什么不寻常的东西。他时而挥手，时而指指点点。出于礼貌，营地里的人都抬头朝他指的方向看，但什么都没有看见。

这次交流并没有增进大家对他们的了解。四位羸弱的来客站在那里，身体微微晃动，营地早期居民则杵在原地，打量着他们。一切都无声无息。迷雾仍在翻滚起伏，它伸出枝蔓，把一切都网罗其中。外面的世界似真亦幻，若有若无，人们也似人非人。

潮水再一次涌入小湾，牵住了那艘船。船开始漂离岸边。那四个人赶紧回头，拼命往回跑。他们踉踉跄跄，差点儿摔倒，终于回到船上，随着船渐行渐远。

那艘船钻进雾中，消失得无影无踪，就好像从来没有出现过，没被人看到、听到、闻到过。

消失了。

一去不回。

“是幽灵。”一个营地早期居民说。这话谁又能反驳呢？

“是雾鬼，从黑暗世界来的……”

道出这番话的人凝视着那艘船刚才所在的地方，满脸惊惧。大家都瑟瑟发抖，像是被刺骨的寒风吹了个透心凉。

风，逆风。

死亡之风。

“他们是丢了影子的人。”营地里年纪最长的老卡尔说，“他们犯了天大的错，把影子给弄丢了。”说着，他向天空挥了挥手，“他们得找到自己的影子，才能再变成人，完整的人。他们永远都得坐着那艘死亡之船漂来漂去，因为他们的影子再也找不回来了……”

他没有说完。他不想再说下去了。

然而男孩利夫想要，也需要好好地了解这事。他不知道怎样讲话才不算失礼，因此直截了当地问：“他们找不着影子，然后呢？”

“然后，他们会招来苦难。”老卡尔答道，“苦难。他们全身污秽，会被抹去所有的快乐，引来祸水。”

大家都觉得老卡尔懂得多，所以相信他不会说错。虽说那艘死亡之船再也没有出现过，熏鱼的味道也把那艘船的味道和那几个人身上的腐臭味掩盖得干干净净，但他们仍然觉得祸事即将临头，且必将临头。

会有什么东西像雾气一样从暗处涌出来。

不好的东西。

那艘黑暗的船与失去影子的人离开八天以后，有人生病了。

起初是两个人。

他俩先是觉得潮热难耐，进而发起高烧，虚弱得站不起来，随后只能爬进棚屋躺下，一动不动，大汗淋漓。然后他们开始呕吐，吃不下任何东西，其他人试图给他们喂饭，但他们吃什么吐什么，胃里连热鱼汤都存不住，最后连水也喝不下，甚至开始吐血了。尽管有人尽心尽力地照料，他俩的灵魂还是几乎同时飞离了身体。他们死了。

死了。

紧接着，一个照顾过他们的人也染了病，发高热，倒下不起，悲惨地死了。

三个了。

但灾祸还没有结束。

瘟疫像熊熊大火一样在营地中蔓延。很快，老卡尔也发烧了。

老人趁自己还没有吐血，强撑着把利夫、小卡尔，还有食物补给放进雪松独木舟，把他们送出了营地。

“往北划。”他说着，把船尽力推离岸边，“没有影子的人在这里放毒，空气都不干净了。把船往北划，那里空气干净，海峡也窄，他们的船过不去。一路往北，别回头。永远别回来，永远。”

然而不知轻重的利夫问：“你呢？你不走？”他喜欢老卡尔，爱着老卡尔——以他自己的方式。如果扪心自问，他一定会承认自己很害怕，慌得要命，不敢离开营地，前去未知的地方。

“这里的人都得过那座桥。我已经病了。你和小卡尔还没发烧,你们必须离开。趁现在赶紧走,别磨蹭。离这片脏空气、这个脏地方远远的。别回头，别回来，甚至别回想。快走！”

老卡尔转身离开岸边，走进营地。男孩会永远记得老人挺拔的腰杆与坚定的步伐——尽管他的面前是自己生命的终点，是通往另一个世界、通往来世、通往瓦尔哈拉的桥梁。

独木舟搭上正在退却的潮水，自动绕过树林伸向海中的一角。这时，利夫已经瞧不见那个小湾和那座营地了。

小湾前面海峡中的洋流是向北流的，因此利夫顺势操起一支桨，将其用力探入船侧的水中，划了起来。利夫忐忑不安，内心悲凉，但他既没有哭，也没有哽咽，因为小卡尔正看着他呢——在小孩子面前,大孩子不该哭,也不该露出惧色。

老卡尔推他们下水时，正是清晨。太阳爬上天空，烘着他们赤裸的后背。利夫拼命划桨，就好像只凭苦干就可以消灾解厄，驱除折磨着他俩的痛苦与愁绪。

小卡尔年纪尚幼，他试了试，根本划不动另一支桨，只好吃了一小块熏鱼，然后蜷缩在补给品旁，渐渐睡去。

利夫一个劲儿地划桨，独木舟仿佛随着洋流在飞行。他划呀，划呀，即使肩膀开始酸痛，胳膊都不像自己的了，他也没有停下，只是一次次地把桨深深插入水中，奋力划动。

他们在海上待了一整天，只在一条从森林边缘的石岸流出的小溪溪口停下歇了歇。他俩坐在独木舟上，用手掬着甘洌的清水喝了点儿，然后利夫又划起了船。

向北，一路向北。他们用了一整个中午穿过宽阔的海峡，阳光落在他俩的肩膀上时，利夫将船划进一个窄湾，用编织绳将独木舟拴在一棵小树上。他决定在独木舟上睡一觉。每年的这个时候，夜幕落得极快。他太累了，实在没精力生火。

然而，要入睡也并不容易。小卡尔很不安分，他虽然不会说话，但老是哭唧唧的，要么便一声不吭地缩到一边去。利夫摸摸小男孩的额头，感觉好像有点儿烫，随后又探了探自己的脑门儿——那几个生病的老人说过，起初他们就是前额发热。然而他没有得出什么结论，因为他的额头跟手是一个温度。他已经筋疲力尽，因此把船桨横着一搭，后背往上面一靠，便在渐渐暗淡的天色中打起盹来。

在他安睡时，森林静得出奇，小鸟和松鼠都没有出声。直到第二天破晓，他才醒来，听见几只渡鸦在趁着晨光闲聊。他坐起身来，伸了伸懒腰。他睡得很熟，还做了梦，但不记得梦见了什么，只是隐约知道那是不好的事。他摇摇头，用开不祥的感觉。

熏鱼还有很多。他撕下一块，咬了一大口，好赶走饥饿。随后他扭头望向小卡尔。

那孩子醒着，但仍旧没出声，什么反应都没有，只是盯着利夫，好像要把他看透。他不吃东西，额头明显已然发烫。利夫知道他病了，可是束手无策。他往小男孩的额头上抹了点儿冰冷的海水退热，同时努力压下心中的恐惧——它在死神肆虐营地的那段日子里涌出，如今似乎又追上了这条独木舟，似乎不肯放过他俩。那头无影无形、曾在他梦中出现的黑兽正在冲着他俩狂奔，打算狠狠一扑，把他俩带走。

一路向北——老卡尔是这样说的——去空气干净的地方。利夫从树上解开编织绳，操桨一推，又把桨用力探入水中。他拼命划着，就好像周遭是坚实的泥土，就好像要用桨挖出一条逃生的通道，又好像是在挖掘墓坑。

外面更加宽阔的海峡中，洋流向北而流，他将船划了过去。

船搭上了洋流。

他在心中默默祈祷北方某处正如老卡尔所说，有未受污染的洁净空气。

桨在水中拨着，划着，劈波斩浪。漂亮的雪松独木舟仿佛有了生命——没有被病疫毒害过的生命，奋力求存、拒绝湮灭的生命。

北方。

利夫一刻不停地挥着桨，胳膊、肩膀和后背在剧痛中吱嘎作响，但他依然把桨插得很深，划水很长。晚些时候，黄昏将至，他发现自己越发虚弱，身体也越来越热，像燃着死亡之火。

利夫放下桨，任小船随波逐流。他趴在船边呕吐起来，吐出的东西里有鱼肉、胆汁，还有血丝——小卡尔也是这样折腾了一整天。他斗志全失，瘫在船上，等着高烧像携着他们前行的洋流一样把他带走。

他的思绪、梦想、席卷而至的热潮和乱七八糟的画面在脑海里打转，最后降临的是一股强烈的、几乎算得上欣悦的虚无感、解脱感。他要走了，去那没有时空、没有生死、空无一物的地方。

走了。

走了。

什么都没有了。

二

大海母亲与鲸兄弟

利夫的脑子里……什么都没有了。

在很长很长的一段时间里，利夫只知道——或者说他以为自己知道——他死了。他去了暗黑世界的某处，一个他对其一无所知、完全陌生的地方。在那里，他真的以为一切都不复存在。自此之后，曾经的那个他，还有他的人生，都一去不回。

他已不再存于世上，没有梦想，没有记忆，没有他在以往的生活中所拥有的一切。

他躺在船底，不省人事，无知无觉，头脑甚至停摆了一阵。日复一日，夜复一夜，小船在海上漂来漂去，随着洋流兜圈。这是他的灵床，他要死去的地方。他知道自己就要死去，带着自己吐的满身污秽。现在，他只能躺在那里吐——他太虚弱了，全身瘫软，就连起身爬到船边去吐的力气都没有。

有一次利夫勉强睁开眼睛，看见阳光落在小卡尔身上，那孩子面色灰白，小小的灵魂飘过了那座桥，可他无能为力。利夫动不了，他骨头发酸，全身疼痛难忍，没有力气多想。

肢体无法活动。

脑中一片空白。

忽然，利夫在昏迷中听到一阵响亮的喘息声，尽管他并不知晓这声音就来自船边。一群黑白鲸游至小船侧面，把独木舟当玩具玩耍起来，用嘴将其拱来顶去。有两头小鲸接连竖起身体，低头打量躺在船上的利夫和小卡尔，似乎很好奇，但又并未找到感兴趣的东西。于是当鲸妈妈发出召唤时，它们两个便落回水中游走了。

但小鲸毕竟贪玩，它俩并未从眼前这个完美的玩具中看到什么危险——它小巧玲珑、轻盈无比，用嘴轻轻一顶，便咻的一下滑出老远，像是一根浮于水面的羽毛，不过是木头做的。于是，它俩很快又溜了回来，把独木舟推来推去。这是它俩最爱玩的一种类似于接球的游戏。给它们当“球”的，有时是一条大鱼，有时是一小块木头，有时是一只小海豹——它们会用嘴把“球”抛起来，再用尾巴来回拍打相互传递。

两头小鲸推顶着独木舟穿过辽阔的水域，让它在光滑的水面上来回滑动，就这样一路来到一个绿树环绕的小湾——那一带这样的地方不计其数。这时，鲸妈妈终于不耐烦了，挤过来把独木舟往小小的岩滩上狠狠一推，赶着两个小家伙游远，免得它俩搁浅。对于不知天高地厚的小鲸来说，遍地石头的海岸危险至极，要是被困在上面，就可能在煎熬中死去——这种惨剧时有发生。这次小鲸们知道妈妈急了，便乖乖听话，游出了小湾。

独木舟停在了岸边。

靠在岸边的独木舟漂亮得出奇。它由一整根雪松木打造而成，这根圆木纹理笔直，上面一个结疤都没有。起初它只是一艘普普通通的小船，内部经火烧斧凿而成。然而在船身成型之后，造船人又在它的外观上下了不少功夫，还削薄了船壁，让它更为精巧可爱。船体呈流线型，船首造型优雅，略有人头的模样，上面还雕着两只灵动的眼睛。小船两侧也经过精心雕饰，在阳光下泛着暖暖的粉红色光泽，仿佛被注入了生命。

然而现在，如果说这条独木舟的外壳是美、雅致与情趣的具象，那么其内部就完完全全脱胎于诡异的噩梦。

小男孩卡尔的尸身僵直地卡在船首，身上满是呕吐物，还沾了血。在稍远一些的地方，利夫则被甩到了船尾。他缩成一团，大口大口地喘息着，气又短又急。他仰面朝天，失去了知觉，跟死去没什么两样。船尾同船头别无二致，也一片狼藉，到处都是利夫的呕吐物——淡淡的血丝、胆汁和熏鱼残片。

时间流逝，利夫不记得自己是否跟随灵魂走过了幽灵之桥。有那么几个时刻，他连活着是什么感觉都弄不清楚了。他有时会想起小卡尔——死去的小卡尔，还有营地里的老人——他们也已逝去，但他没有，没有像他所了解的那样，随着大家一同离去。他深感羞愧，因为同伴已逝，唯他独活。

他的脑子被烧得昏昏沉沉，美梦与噩梦交替上演。他觉得自己可能真的死了，可他不怕。他不能怕。他相信心中燃烧着愧疚感的自己已经死了，但他不在乎，他渴望解脱。

下雨了。

这里多雨并不奇怪：树木擎天，森林郁郁葱葱，要是在林子里走，可能几天都不见天日。拜雨水所赐，股股清凉的溪流从石滩上涌出，从不枯竭。从秋到冬，雨水无穷无尽，暴雨似乎总是下个没完，直到最后变为雪。

不过在春末夏初之时，大雨就算是下，一般也只下一会儿。这天落在独木舟上的，就是这样的雨。

清澈的雨水冲刷着万物。利夫被清凉的雨滴注入活力，勉强打起精神，过了一会儿便完全清醒了。

无比清醒。

在饱受折磨的那段时间——他弄不清楚、无法估计这段时间究竟有多久——他被疾病狠狠地蹂躏，直到身体瘫垮、理智崩溃，最后倒下，趴在船底的狼藉之中，像是挨了一顿毒打。

他努力睁开双眼，微微抬起头，发现前方正是小卡尔毫无生命气息的身体。神志不清时，他恍惚以为这一切都是梦，如今惊恐地发现，这都是真的。小男孩死了。

得……得做点儿什么，他想。

对，得做点儿什么。

来吧。

他想要起身，撑起身子，却发现自己一点儿力气也没有，就好像肌肉被捶成了烂泥，只剩下一缕缕破布挂在骨架上。

得攒攒力气。得振作起来。加油。

他又使了使力。这一次，他把胳膊搭在船边。他靠在那里，缓了缓气，又把另一条胳膊伸过去，用肘窝勾住船舷上缘。

又一次发力。不知怎么回事，他的双臂抽筋了，在痛苦中猛地向外滑脱，让他的上半身顺势越过船舷，双腿紧随其后。就这样，他像装着沙土的麻袋一样翻到船外，落在海岸边的一块块鹅卵石上。

独木舟离鲸妈妈推船的地方不远——当然，利夫并不知道小船是怎么停到这里来的，只是纳闷这船为何从海上漂到了岸边。利夫翻出独木舟的那一侧离水较远，于是他先躺着喘息了一会儿，然后勉强爬着绕过船尾，进入水中。

他的身上肮脏不堪，满是干涸的血、排泄物和呕吐物。他躺在浅滩，让清冽的海水将自己包裹，反复用手擦洗身体，洗去污物。

洗去疾病。

洗到他终于感觉手掌之下滑过的皮肤是干净的。

让大海，利夫在心中默念道，

让大海母亲把它们全都带走。

带走。

带走。

让大海母亲把它们全都带走。

许久之后，他觉得自己终于干净了，但也冷得要命——北地的海水常年凛冽刺骨。他爬回独木舟旁，双手抓住低矮的船舷，双臂一撑，站了起来。

他仍然体虚无力，只好摇摇晃晃地弯腰扶住船的上沿。

小卡尔的身体再次映入他的眼帘，也在他的心中打下烙印。他伸出手臂，打算将其抱下来，然而尽管小卡尔被病魔折磨得瘦如皮包骨，几乎没什么重量，但利夫还是未能如愿。他只好颤颤巍巍地站在那里，怪自己没用。他活下来了，可是……

可是使不上力气。

不管干什么。

他饥渴难耐。刚才他在洗澡时喝了几大口海水，让舌头好受了些，但盐分令干渴的感觉有增无减。他踉跄着走到一条风暴过后由雨水汇聚而成的小溪旁，跪下，用手舀起清澈甘甜的溪水，喝了个够。

他再次起身——仍然很吃力，但行动自如了一些——走了几步，回到独木舟旁。船上还有几条剥了皮的熏鱼——当初它们被老卡尔放在行李上，没有沾到船底的污物。利夫咬下一口烟熏红肉，咀嚼几下，囫囵吞了下去，又立即呕了出来。接下来他耐下性子，细嚼慢咽，又回去喝水，让水把鱼肉送下去。他感觉鱼肉糊和清水正浸润着他的身体，让力气一点点回来，让他重焕生机。

他再度来到独木舟旁。

来到小卡尔身边。

他还是有点儿虚弱，但也攒下了些气力。他伸出胳膊，用力，再用力，从船上缓缓抱起小卡尔，踉踉跄跄地走到海边，像刚才给自己洗澡那样，清洗着小卡尔，让污物荡然无存。随后，他用老卡尔放在船上的一条毯子裹住小卡尔，把他小心翼翼地放到地上。

利夫背靠独木舟，挨着小卡尔坐下，不知道接下来该做些什么。疾病在营地里蔓延时，大家已经在棚屋里商量好，要为死者举行火葬，好把失去影子之人留下的疫流切断。然而利夫此刻无法狠下心来烧掉这具裹在柔软粗毛毯中的小尸身，可又不想把小卡尔留在这里，因为熊之类的野兽会找到这小家伙，不管藏得多么隐蔽，这群野兽都会……

都会……

他得想个办法。

怎么办？

得想个好主意，不能凑合。

得找一个熊去不了的地方。

一个能让奥丁神找到小卡尔灵魂的地方，一个小卡尔可以安心休息的地方。

只属于小卡尔的地方。

那……究竟哪里才足够安全？

利夫的脑海中灵光一闪：岛，一个岛。一定有这么一个岛，不受侵扰，安安静静，能让小卡尔的灵魂稳稳地飘离他的身体，前往瓦尔哈拉——小家伙的灵魂一定会去那里，因为那里是所有不屈勇士的归宿。小卡尔顽强地跟病魔斗争了那么久，论勇气，他丝毫不逊于任何人。

海上的岛很多，简直不计其数。老卡尔，还有别人都说，西方那片广大的陆地本身也是一个大岛。在那个岛上，你从这一端出发，花上一个多星期也走不到另一端，它长得无法测量——即便如此，它仍然是一个岛。

不过，那样的岛不合适。地方太大，就会有熊、狼和大猫出没。这群野兽会迈着无声无息的步子在林中转悠，最后发现小卡尔。

要是能找到一个小岛……

一个离大片陆地远一些的小岛，熊、狼什么的都游不过去的小岛。小卡尔自己的小岛。

利夫有劲了——有了目标，就有了劲头。他把行李和熏鱼从船上取下，放在小卡尔旁边，慢慢地将独木舟拖入水中，推歪船身，让水流进船里，手在里边搅来搅去，让海水洗去船内的污物，把小船涮得干净如新。

随后他把水倒掉，把船扶正，将小卡尔、行李和备用桨放上去，爬进船，拿起桨用力一推。小船离岸驶入小湾。他让独木舟掉转方向，在水面上滑行、前进、舞动。

他有事情要做。

他知道该做些什么。

为小卡尔找一个岛。

三

洋流找到的小岛

事实证明，要找到一个岛简直易如反掌——大岛与东边夕阳照不到的森林之间有一条海峡，海峡里到处都是小岛。

然而要找到他心中的岛，完美无缺的岛，却没他想的那么容易。利夫虽然已经吃饱喝足，干劲满满，但远没有恢复如常，没过一会儿便耗尽了力气。他不停地划着桨，与环绕在一个个小岛周围、打着旋的潮汐流搏斗较劲，最后筋疲力尽，胳膊像是要掉下来，腰也塌了。

最后他划不动了，往后一倚，休息起来，任小船随波而行。忽然，他感觉此时此刻船的灵魂、小卡尔的灵魂，还有他自己的灵魂已经合为一体。他想，船有眼睛，有合而为一的灵魂，就让它自己去找路吧。

让挪威人的灵魂自己去找路吧。

阳光落在他的后背和肩膀上。他靠在船尾，闭目养神。这一次他并非晕厥，也不是被病魔折腾得神志不清，只是在和煦的阳光下、在悦耳的海浪声中打盹。他安闲自得，时而让思绪飘扬，时而放空大脑，疗愈身心，敞开灵魂，感受自我的存在。他已经许久没有听到，也无暇去听自然之音了。

渡鸦絮叨个没完，用喉音述说，述说着利夫、独木舟和他们灵魂的故事；乌鸦——这一带总是有乌鸦和渡鸦飞来飞去——哑着嗓子大喊，叫声甚是刺耳，仿佛怒气冲冲，但有时又是在发出预警。

松鸦急鸣，叫声又短又急，像是在骂人。

老是一惊一乍的红松鼠则咯咯咯地笑个不停。

海上与森林中的声响笼罩着独木舟，他们三个的灵魂随着洋流带着利夫漂远。种种回声来回飘荡，交织成完整的乐章，沁入利夫的心灵。蟹钳的开合声与远方鲸轻柔的呼唤声沿大海传来，透过独木舟的壁板，汇成一首舞曲。他合上眼睛，任凭心灵随这壮丽的合奏翩翩起舞。而这首舞曲越发响亮，直至震天撼地。

忽然，独木舟颠簸了一下，缓缓停住。他睁开双眼，发现舞曲失去了节奏，取而代之的是单调的音符、平淡的叫声。

船停靠在了一个小岛上。

独木舟和洋流终于为小卡尔找到了一个完美的栖身之所。这个岛小巧玲珑，几乎位于辽阔海峡的正中央。它浑圆、安宁，不管利夫站在哪里扔石子，石子都能飞过岛面落进海中。与此同时，这里参天树木遍地，松鸦、乌鸦与渡鸦成群——它们躲在树枝上唠叨，责怪鹰把巢筑在了雪松高高的枝丫上。大多数鸟儿都不喜欢鹰——尽管这种头部雪白、没有羽冠的猛禽几乎只吃鱼和腐肉，渡鸦和乌鸦还经常在空中对鹰发起袭击，意欲啄出它们的眼睛。老卡尔说过这完全是出于嫉妒——小鸟因为自己太过弱小，飞不了那么高而心怀愤懑。

在这个岛上，小卡尔的灵魂永远不会孤独。这里距有熊和狼出没的陆地甚远，因此野兽不愿意，也没有能耐越海而来。

利夫爬出船，踏上岩岸，也把独木舟拖了上来。他伸出胳膊，轻轻抱起小卡尔，走到海水即使在涨潮时也漫不过去的大树下。在一棵巨大的雪松底部，他在满地厚厚的松针中挖出一个小坑，把小卡尔小心翼翼地放进去，又把周围的松针往中间推了推，像做成了一条被子、一个摇篮。

然后他回到独木舟旁，将余下的熏鱼取出一半，摆在小卡尔身边，好让小家伙的灵魂吃饱后踏进瓦尔哈拉，之后又给他盖上了一条毯子。

在这一天剩下的时间里，利夫捡来许多又圆又平的石头，为小卡尔搭起一座石棚。随后他还不满意，一次次地跑到海岸边搬岩块，终于精心堆起一座几乎跟自己一样高的石冢，把石棚包裹在里面。他知道……

他知道。

知道石冢将永远矗立在这里，标示着小卡尔的安息之地——这位伟大的小勇士与丢失影子之人留下的疾病英勇搏斗，最终赢得了前往瓦尔哈拉的资格。

啊，这个地方。

这里是小卡尔的石冢。

坚石不朽。

世代永存。

精疲力竭的利夫背靠石冢，安然睡去，直到初升的太阳将晨曦洒在他的脸上，将他唤醒。他忽然想，现在该为自己做点儿什么了。

利夫来到独木舟前，把行李取出，放在地上打开。在病魔肆虐、播撒混乱与悲痛之时，在小卡尔病亡，他万分悲伤之际，他根本无暇顾及现实，只是做好了坦然迎接死亡的准备。

却没想过如何生存。

该好好想想了。

这条独木舟只是应急用的，老卡尔还没来得及打造出一条远行之舟。当时，疾病包围了营地，大家像被刀砍般一个个倒下。一个人在俯身照料另一个濒死之人时染上疾病，从死者身上窥见了自己的结局，当然会惊慌失措。他们的生命消逝得如此之快，根本没有时间准备利夫如今需要的东西。

利夫低头检视着手边的东西。

一把手斧，是老卡尔的，老人家在船上用过。一把别在腰带上的刀，木柄的，已经钝了。曾经一个海员准备把它扔下船，是老卡尔把刀要了过来，给了利夫。利夫有时会想念爸爸,或者说想念他想象出的那个人——他与爸爸素未谋面，也没有见过妈妈。老卡尔说:“你爸爸没法把刀传给你，我送你一把。”一只铜锅，四个挂在编织绳卷上的鱼钩，四个尖利的鱼叉叉头——或者是海豹叉，两张羊毛毯——未洗羊毛的膻味、男人的汗臭味、鱼腥味和海水的咸味混合在一起，浓得化不开。一个小皮袋，里面装着一根火镰，其长短粗细与一个大块头的手指相当，还有一大块边缘锋利的长方形燧石——火镰和燧石是取火用的。还有一件套头夹克，织得十分密实，再加上生羊毛所含的油脂，简直跟防水服一般无二。

当然还有他正穿在身上的衣服——一条破破烂烂的粗棉布海员裤和一件帆布套头衫。几经海水浸泡，他的衣裤已经粗糙发硬，穿着并不舒服，而且一点儿都不保暖。还好现在是夏天——初夏，但秋天总会到来，随后冬季接踵而至，这么薄的衣物到时根本派不上用场。

可这样的衣物，还有这寥寥几件工具、用品，就是他所拥有的一切。

不，等等。他忘了最重要的东西——那个一直陪伴着他的东西。

独木舟，还有独木舟之魂。

这舟，这魂，将与他同在。它们为小卡尔找到了这个完美的地方，也必将助他一臂之力。

利夫起身向独木舟走了两步，可是某种情绪涌上心头——他现在还不想离开小卡尔的岛。他停下脚步，琢磨自己为何如此。

他还有未竟之事。做事得有始有终。

得唱一首歌。

这个想法像是被什么东西推动一般，跃入他的脑海。

他应该唱一首歌来纪念小卡尔……

利夫转身走回行李堆，拿起了装着火镰和燧石的小皮袋。刚才，在远离大海的树林中，在石冢后面，他看见一棵倒下的、腐朽的老树。他知道那棵树太粗、水分太多，不适合生火，不过他会在树下找到自己需要的东西。

他沿着树干用手指挖着树干下面的松土，不久便找到一个上了年头的地松鼠巢。他嗅了嗅，没有闻到新鲜的松鼠尿味，这说明最近这里没有松鼠住过。他把巢取出来，用手团成一个球。这个巢由地松鼠用干草碎片混合着粗粗细细的松鼠毛编织而成，毛茸茸、圆滚滚，中间有一个小小的洞。

这东西看起来就像松鼠故意弄来生火的一堆干枯燃料，虽说表面有一点儿湿，但在大树的遮蔽之下，它的里面干燥无比。他知道这东西点得着。

利夫把草球塞进衬衫，又从附近的树上折了些枯枝，最终收集到了足以生一小堆篝火的木柴。他在石冢旁清理出一小片空地，把枯枝堆成一个帐篷形的小金字塔，并在两边留出了一道可以通往中间的狭窄缝隙。随后他蹲在地上，从袋中取出燧石和火镰。

说起生火，利夫并不是新手。在学会走路以前，他就知道该怎样打出火花，点燃船上的砖炉等大人做菜。他把草球放在地上，将火镰搭在上面，使巧劲用燧石的边缘一敲。第一下，白费力气。第二下，只击出一个火星。火镰承受第三次击打时，一簇火星冒了出来。这些火星大多数落在了旁边，但钻入草球中央的那几枚碰到干草与松鼠毛后立即激出了火光。

他迅速捡起松鼠巢，一边用手捂着，好挡住从海面吹来的微风，一边轻轻地吹，让气息钻进点点火星。他吹着，吹着，火光越来越亮，迅速蔓延，最后一缕小小的火苗终于升腾起来。

他赶紧把草球塞进枯枝金字塔中，同时继续向火苗吹气，还加了些力道，但依旧保持着平稳。火越燃越旺，吞噬了木柴，柴堆燃起烈焰。

利夫又添了些柴。篝火熊熊燃烧，让他备感舒适。原本蹲在地上的他往后一坐，缓了几口气，然后才站起来去找木柴。把一切都安顿好后，利夫靠在石冢上，感觉火的灵魂正环绕着自己，温暖着自己，以海水力所不及的方式净化着自己。他绞尽脑汁，为小卡尔写了一首歌。

起初他没什么灵感，一点儿都没有。

然而后来他回忆起，或者说，他让自己回忆起灾祸发生之前营地中的点点滴滴，回忆起小卡尔曾经蹬着胖嘟嘟的小腿学大人的样子跳挪威传统舞。小家伙跳两下就摔一跤，可还是不肯放弃，坚持爬起来跳。

坚持着。

坚持要战胜老是让他摔倒的舞步。

坚持着，一次又一次地站起来，仿佛摔倒没什么大不了，与站起来相比根本无关紧要。

坚持不懈。

坚持与病魔搏斗。

直到……

直到最后。最后，小家伙站不起来了，但他依然不屈不挠，直至灵魂飘离身体，飘往梦想之地。他的身体无法再战斗下去，但灵魂可以——战魂不灭，因为它自有不凡之源。

源自小卡尔的心中。

在小卡尔的心中萌芽，永不消逝。

应该为小卡尔献上一首战魂之歌。

就为这首歌取名《站起来》吧。

利夫把几根树枝扔进火堆，开始构思曲调。他想让这首歌与自己脑海中的一幅幅画面结合起来，想让它成为一首雄壮的荣誉之歌，然而他发现自己没能做到。

他试着唱了出来。他以高音起调，用膺腔来描绘小卡尔当时的模样。

看，他在跳舞，

蹬着小腿，在火堆前跳舞。

看，他在跳舞，

踢着勇士的腿，在火堆前跳舞。

看，他在跳舞，

怀着勇士之心，在火堆前跳舞。

看，他在跳舞，

在即将高燃的烈火跟前站起。

站起。

站起。

一次又一次地站起。

看，他在跳舞。

看，他在跳舞。

看，他在跳舞。

一次又一次地站起，

一直战斗下去。

可是在唱完令人热血沸腾的开头部分以后，他就唱不下去了。他的喉头哽住了，而当他试图打开喉咙再次歌唱时，美好时光的种种却涌上心头。此时此刻，他的脑海中只有——回忆。灾祸发生之前营地的模样——大家悠然惬意，衣食不缺，圆圆的脸上挂着笑，载歌载舞。在他的脑海中，那座活力盎然的营地似乎又回来了。那时……那时……

那时，死神尚未降临，后来大家都死了。他收起哀思，又张开嘴，想要高歌，想要吟唱，可是千愁万绪堵在越来越紧的喉咙中，让他一句都唱不出来。于是他干脆坐下，望着火焰，心头只剩下悲痛，还有因悲痛而生的愧疚：他活了下来，其他人都死了。

就这样，他的心头生出一种渴望：回去看看，看看营地中是否还有当初美好生活留下的痕迹。可他知道自己不能回去，绝对不能——多闻博识、聪明睿智、从不犯错的老卡尔说过，千万别回去。

别留恋旧日时光，要往前走。

向北而行。

他思绪万千，背靠石冢，感受着这座用圆石堆成的冢与其内的石塔是多么坚实牢固，任凭沉重的疲惫感唤起浓浓的睡意，最后他酣然入眠，一夜无梦。

四

鲸的歌

松鸦唤醒了他。

一声声粗哑刺耳的鸣叫声闯入利夫的睡梦，催他起身来到阳光下。它们正在发脾气——松鸦老是气呼呼的。利夫考虑片刻，担心起来，因为它们好像在警告彼此熊来了，还骂骂咧咧地抱怨着。可他忽然想起这个小岛上没有熊，而且附近陆地上的熊也游不过来，因此他站直身体，走到小溪旁把清凉甘甜的水灌满肚子。顷刻之间，强烈的饥饿感袭来——这倒不是新鲜事，利夫好像总是吃不饱。可是现在熏鱼只剩下几小块了，他吃完以后，唇齿之间存留的熏鱼味道似乎让他更饿了。

得找点儿吃的。确保篝火完全熄灭后，利夫最后环顾了一下小卡尔的岛，朝独木舟走去。他花了些时间把几件工具和行李捆在一起，将其立着放在船头，又用力把独木舟拉进浅滩——得把船身抬起一点儿，免得它撞到石头——然后跳上船，跪下，拿起了桨。

一下，两下。船桨深深入水，小船滑离岸边，像是有了生命。利夫任独木舟随波漂泊了一会儿，忽然发现自己一直在下意识地回头眺望石冢。后来小船搭上洋流，驶出小湾，绕过一个丛林密布的岬角，石冢便在他的视野中消失了。

利夫转回身来，在北向洋流的助力下开始划桨。他使劲地划着，努力甩掉脑海中挥之不去的石冢与哀伤，直到手臂酸痛不已。随后，他放下船桨，再次随波而行。这时，他已经无法忽视强烈的饥饿感。这种难受的感觉只消失了一小会儿又卷土重来，仿佛要复仇一般。他知道，熏鱼已经被吃得干干净净，而他的胃正在向脊梁骨不怀好意地蠕动。

得赶紧找点儿吃的。

现在，利夫正沿着大岛与森林之间的宽阔海峡向北进发。这条海峡似乎没有尽头，到处都有岛湾和峡道与之相通。这些峡道有的一览无遗，距后面的森林仅有几百步之遥；有的被夹在峭壁之间，蜿蜒曲折，一眼望不到头。好多深峡潜藏着危机：有树从陡峭的岩壁上俯身至水边，令人猝不及防。

利夫要找的，是深溪或者小河入海的地方。这样的地方一般会有覆盖着灌木与柳树的沙洲，可要寻到它，就只能深入每一条深峡，从头找到尾。

他来到自己看到的第一条深峡入口处，把船划了进去。他运气不错，发现这条水路很长——水流湍急，随流行船的速度不比划桨慢。这条峡道的终点是一个大砾石坑。

不过在船漂到那里之前，也许才走了一半路，刚到峡道北侧，陆地朝一片岩架缓缓向下延伸的地方，就在第一个宽阔的拐弯处，利夫看见一大片黑莓丛。那里的黑莓密密匝匝，有的甚至从岸边伸入水里，把水道都染成了翠绿色。

果实已经成熟，沉甸甸地吊在触手可及的带刺枝条上。利夫划船从黑莓枝下驶过，全然不顾那一根根利刺，在饥饿中摘下几把黑莓，嚼都不嚼，直接吞了下去。

黑莓甜得他下巴发酸。

他不停吃着，直到胃里翻江倒海，告诉他要慢慢来。他乖乖听话，但依旧不停嘴，还用舌头和上颚把它们挤碎，啜饮每一颗果实流出的琼浆。

直到发现船下的水流改向，开始向外涌，利夫才意识到自己在黑莓丛旁耽搁了太久。他拼命抓住黑莓枝条，以免被冲出水道。

他用一只手稳住小船，另一只手依旧摘黑莓往嘴里扔，直至饥饿感略减才罢休。他还没吃饱，他觉得自己再也吃不饱了，不过他还算管得住自己。当他放缓速度，不再狂摘猛吃时，他突然发现此处还有别的生物。

他本来应该早早发现，应该警醒一些。信号和警示早已出现：灌木枝在摇晃，不知从哪里飘来一股不祥的浓重气味。然而他刚才被饥饿和渴望摄去了心智，视觉、感觉和嗅觉一并失灵。

忽然，利夫听见一阵窸窣声从身后的岩架传来。他回过头去，猛地发现自己正直勾勾地望着一头黑熊的脸。

熊倒是不慌不忙，只是瞧着他，打量他。利夫见它一动不动地盯着自己，大脑飞速运转，拼命想那些自己知道的，或者以为自己知道的东西，回忆别人教过自己什么，他们在篝火旁就当前这种情况说过些什么——不管他们说得是否靠谱。

回忆老人们讲过的故事。

熊跟人差不多，会跟人一样想事情，有时走运，有时倒霉，有时欢天喜地，有时怒火冲天。要说有什么事是比遇到一头火冒三丈的熊更恐怖的，大概就只有地动山摇，以及因此而引发的灭世海啸了。不过，这种大场面，利夫从未见过，他只在老卡尔绘声绘色的描述中听过——声音饱含敬畏，还强调说地震巨浪无人能敌。

熊也一样。

老卡尔还说过，熊和熊不一样。有黑熊，有的黑熊上了年纪之后毛色会变红。还有棕熊，棕熊的个头有黑熊的两倍大，动不动就发火。有时，一头熊仅仅是为了找蛀虫吃，会把一整棵树劈得稀巴烂。

一整棵树。

他还说，熊都不喜欢被人盯着看。熊妈妈要是见你这样瞧过来，会以为你要伤害它的孩子，你就没救了。利夫想到这里，赶紧移开目光，低头望向独木舟，又往旁边挪了挪，静静地待了半天，绝不抬头看，恨不得连气都不喘。

熊轻轻地哼了一声，而后树叶沙沙作响。利夫回过身去，看见熊钻进灌木丛吃着黑莓渐渐远去。

呼——利夫松了一口气，心想，还好它不是熊妈妈，没带着熊宝宝，没有发火，也没觉得属于它的东西被吃了——刚才他一直等着，等那头熊打定主意扑到船上，等待自己最终的下场，好像等了三四辈子那么久，也把那头熊的身份、心情和想法揣摩了个遍。

没过一会儿，熊弄出的声响消失了，那股利夫本应早早察觉却最后才感知到的不祥气味也逐渐散去。他终于松了一口气，几近麻木地又摘下几把黑莓塞进口中。利夫知道只吃黑莓不行，也奇怪为什么刚才第一眼看到黑熊时，自己的胃像是要造反，打算将装在里面的黑莓倒个干净。其实以前他也见过几次熊，只是都没有像这次一样跟熊仅有一臂之距。刚才望着熊的脸时，他感觉胃里翻腾得厉害，费尽力气才没吐出来。他觉得人们会认为，肚子里好不容易有了一些浆果，一定很高兴，怎么会急着把自己弄空？

利夫憋住气，把黑莓都留在肚子里，任凭独木舟慢慢远离垂下来的黑莓枝条，顺流而行。此时海水还在朝着海峡向外涌——正好跟他想走的方向相反，不过水流的力量正在减弱。他知道再过不久，它便会停下歇一歇，然后掉转流向。于是他逆水行舟，把船往里划，但也没有太卖力，直到水流变缓时才加快速度，最后绕过一个小小的岬角，望见了峡道的尽头。

他终于找到了梦寐以求的东西。一条浅浅的小溪穿过沙洲汇入开阔的海域，两侧溪岸上黑莓丛生——这一带，似乎只要是有土的地方就长着黑莓。更妙的是，这里还挺立着一棵棵笔直的柳树。它们大多数都几乎矮小到砍倒便可直接做手杖的程度，但也有几棵像利夫的手腕那么粗，比他高，完全符合他的需要。

而且没有熊。

利夫划船靠岸，纵身一跃。到处都有奇形怪状的熊粪堆，但都已干透，应该是很久以前留下来的。他拿起手斧，走进柳林。他要找一棵又高又直的柳树，直径大约有一指那么长。找到之后，他将有自己两倍高的树齐根砍断，拖到独木舟旁，截下一段，然后用刀刮起了树皮。光滑的树皮迎刃而落，利夫坐在溪边的大石头上，只一会儿便把树皮刮得干干净净。

然后他把树干搭在岩石上，使它远离地面，让阳光直射。等树干表皮的韧膜发干时，他歇了口气，在溪边喝了几口水。尽管利夫应该从刚才的遭遇中吸取教训，变得警觉一些，但他在干活时又忽略了周围的声响。现在他再次听见渡鸦咯咯嘎嘎地大叫，松鸦在潺潺的小溪上空嚷嚷。

利夫知道鸟儿肯定不会无缘无故地出声，尤其是渡鸦，它们根本就是在聊天。他想，要是能学会鸟语，听懂它们说话就好了。

尽管松鸦似乎心怀不满，一只红松鼠时隐时现，但利夫并没有从鸟儿们的鸣叫声中听出预警或惊慌的意味。于是他放心坐下，靠在独木舟旁，享受暖阳。

利夫简单地打了个盹。这一觉睡得不深，也不沉，但足以让他精力充沛，并感到饥饿——在这段时间里，他的胃把他吃下去的黑莓消化得所剩无几。柳树的树干已经干透，可以进一步加工了。

利夫用刀把树干稍粗的一段削成楔状，又在中间劈开一道裂缝，将老卡尔送他的鱼叉头插入缝中，利用其基部的金属尖刺加以固定。然后他从行李中的绳团上扯出绳索，一圈一圈地紧紧缠在裂缝外部，还时不时地用牙咬着绳子使劲拉一拉，最后系了个结。他掰着鱼叉头试了试——不管他多使劲，它都纹丝不动。

就这样，利夫有了一柄鱼叉。

尽管丰渔期尚未到来，但现在浅滩中的鱼群已密密麻麻，像是织成了一张能让人走在上面的厚毯。总有几条鱼迷路，困在浅水窝中。利夫蹚过去，站在齐膝深的冷水中，尽力稳住身体，提着鱼叉，让叉头直指水面。

他等待着。他的影子随着汹涌的水流打着转破碎开来，宛若游鱼一般漂来荡去。有那么两次，他差点儿下手，但还是管住了自己。他要等水中的真鱼习惯见到他的腿和身体。

突然，一缕银光蹿到他的脚踝边。他用鱼叉奋力刺去。

没有刺中。叉尖扎到的地方比鱼的身体略高。他明白了：水为鲑鱼作了掩护，鱼实际所在的位置要比看上去的稍低一些。要刺中鱼身中央，应该瞄准鱼身下沿，而不是鱼身上沿。

他又等待起来。

直到他的腿冻得发青，才终于又有一条鲑鱼靠近——这次离他稍远一些，几乎正好位于没入水中的鱼叉头下方。他冲鲑鱼身体下沿用力一刺，感觉叉尖重重地扎进了柔软的鱼肉。他把鱼叉一拧，让倒钩钩住鱼。随后他斜拖鱼叉，将战利品往岸上拉——他不敢把鱼举起来，生怕它从鱼叉上掉落脱逃——终于把鱼弄到了沙砾上。

这是一条体态优美的雌性银鲑鱼，比利夫的胳膊长一点儿，重重的，肥肥的。利夫用圆石冲它的脑袋猛砸两下，等鱼不动弹后，他又用插在自己皮带上的刀给它开膛破肚。鱼腹中有卵，浑圆无缺，粉红闪亮。他将鱼卵取出，放在一块平坦的石头上。他知道这是做汤的上等食材——鱼子汤他已喝过多回——但他饥饿难忍，直接将生鱼子吞了下去。鱼子落在他胃中残余的黑莓上之后，他又转身去对付鱼。

利夫原本打算生火，用铜锅炖鱼，不过这样耗时太久，而且现在风正在往森林吹。开了膛的死鱼腥味很重，被风一吹，这股味道一定会飘到远方。他要是烧水炖鱼，鱼汤的香味也会随着蒸汽乘风而行，钻进树林。

好香啊！

好鲜啊！

刚才那头钻进黑莓丛的熊或许还没有走远，八成嗅得到风带去的味道。到时它一定会来寻找腥香的源头，美餐一顿……

“不行。”利夫把鲑鱼放在独木舟上，掉转船头，把船推入水中。他得找个小岛，在那里把鱼做成大餐。不然就干脆生吃，把鲜红的鱼肉一条一条地片下来，蘸蘸海水调个味，直接吃掉——就像老卡尔说的，简单又清爽。

利夫很快便在海岸线上找到一个他觉得足够偏僻，离那头熊足够远的地方，把船停在岸边后，没花多少工夫，他又在一棵腐朽树干的下面找到一个废弃的松鼠巢，点火、添柴，一气呵成，最后坐在篝火旁准备烹饪美餐。

他先把鲑鱼的内脏剔除干净，只留下鱼肝，准备以后用来煮汤。随后他支起一块表面平整的石头，让它向火堆倾斜，又把整条鱼放在上面，这样就可以利用火焰的温度把它烤熟。一面烤好了，鱼皮都翘了起来，于是他把鱼翻了个面。整条鱼熟透之后，他把石头放在地上当作小桌，揭开鱼皮，又把粉嫩的鱼肉从鱼骨上撕下。

真是无上的美味！仿佛某种全新的力量注入了利夫这副饱受病痛折磨、正以不可思议的速度变老的躯壳。他大口吞食着鱼肉，顾不上咀嚼就让一块块鱼肉直滑胃底。鱼肉上满是油脂，宛若温柔又炽热的火焰，把他的双臂、双腿与前胸都烘得暖融融的。

鱼肉吃得差不多了，利夫又吞下鱼眼——这东西自带咸味。然后他把鱼头、鱼肝、鱼皮和鱼骨扔进铜锅，舀了些海水，又往火堆里加了些柴火，开始煮汤。汤熬好后，他先是将锅从火堆上取下，晾凉，而后一口气把汤喝了个干净。

该睡觉了。

利夫把独木舟拉到岸上，随后坐在独木舟旁，靠着船帮打起盹来。

几个短短的梦接踵而来。

梦中，小卡尔在营地里跑来跑去，好像在找东西。他说不清楚自己在找什么，大家则嘻嘻哈哈，好像小家伙想要的东西就在他们那里。

梦中，一头熊偷了他的黑莓。它有着毛茸茸的手掌，用指甲又尖又长的爪子抓了一把又一把，把天底下的黑莓都吃光了，一颗都没剩下。

利夫还梦见了妈妈。他梦见过妈妈好多次，情景大同小异：她跟陌生人坐在一起聊天，声音闷闷的，让人听不分明。妈妈总是背对着利夫，所以利夫从没看到过她的脸。她近在咫尺，可他怎么都看不到她的面庞，每次就只差一点点。这样的梦，潦草又匆忙。

梦中，两头虎鲸玩起了他的独木舟。他躺在船里，任凭这两个小淘气把船推来搡去。他的感受真真切切，他觉得这一切可能真的发生过，可又记不起当时的情形。尽管如此，他还是觉得这两头满嘴鱼腥味的小鲸是兄弟俩。梦里的他并不介意它们和他一起玩。

被当作玩具。

梦做到这里便戛然而止。他的胃装着黑莓、油腻的鱼肉和鲜汤，温暖充实——

像是塞了条毯子。

五

风的歌

阳光灿烂。

炽烈的阳光霸道地洒落下来，把利夫的嘴唇都晒裂了，也把他晒醒了。醒来后，他发现一只渡鸦把头探进铜锅，啄着鱼骨和鱼头。

利夫动了动。大鸟受惊，不满地嘎嘎大叫，后跳两步，但没有飞走。鸟儿叼起鱼头，走到一旁，趾高气扬地在水边来回踱步，脑袋简直要扬到天上去了。

它这是在炫耀吧，利夫想。这只鸟为找到这么大一个鱼头而自得。鸟儿甚至耍起小聪明来，先放下鱼头，假装自己偶然发现一件好宝贝——尽管鱼头上没有肉，眼窝和嘴里也空空如也——然后又叼起它来，飞到了附近的树枝上。

一阵咯咯嘎嘎声从那边传来。鸟儿在树上又显摆了一圈，才终于起飞，不屑地把鱼头丢进水中。利夫呆呆地站着。他想在这里常住，休养一阵，再叉一两条鱼熏干。可他昨晚烤了鱼，熬了汤，裹挟着鲜香的蒸汽已然飘远，钻进了树林和柳丛。

他感觉那头黑熊一定会找到这里。他已经远离了那边的黑莓丛，可还是觉得炊烟和香味会把熊引来。直到现在那头熊还没露面，着实让他感到有点儿奇怪。于是利夫把锅和鱼叉放进独木舟，划船入水。潮水已经有了些涌出峡道的意思，于是他紧划几下，顺流而行。船还没驶出掷石之遥时，他回头一看，便看到了一头熊。

更确切地说，是两头，都是黑熊，个头不大，正在他昨晚扎营的地方嗅来嗅去。其中一头较小的出于好奇试探性地踏入水中，向着独木舟走了几步，但也只能走这几步而已。此时利夫已经漂得很远，水又太深，要想追上他，那头熊就得游泳了，但显然不值得花这份力气。熊愤愤不平地哼了一声，回到利夫昨晚生火的地方。为了彻底熄灭篝火，利夫往那里浇过水，但现在灰烬变成的污泥中仍然存有鱼香，那块用来烤鱼的石头上还沾了鱼油和血迹。两头熊争着舔石头、翻泥巴，扭打成一团。大熊没动真格的，只是挥着大爪子猛扇几下，小熊便败下阵来。

独木舟拐过岬角，望不见两头熊的身影后，利夫便回过头专心划桨。现在他更有力气了，驾船也越发熟练。虽然他还没有恢复如常，但暖阳烘着他的后背，海面平静无波，他一次又一次地把桨深深插入水中，感觉力量涌向双肩与臂膀。船驶出峡道向北远行，阳光的热量，因安眠而生的活力，以及鱼油的能量掺着黑莓汁一起流入他的肢体。独木舟能够勇往直前，是因为它与利夫的胳膊配合无间，而利夫的胳膊又同后背血肉相连，这艘船和他的身体、思想、灵魂此呼彼应……

还没到。

不过快了，快了。

此时此刻，利夫眺望着辽阔的航道：东边绿树成荫，西边远方的森林更是郁郁葱葱。此时此刻，他沐浴在阳光下，把坚实的桨深深探入水里，感受着独木舟随着他每一次划桨都轻盈前行的畅快……

此时此刻，利夫心中只有对未来的期许，只见到、嗅到、感觉到即将降临的美好与欢乐，把阴郁、黑暗和恐惧都抛在了身后。

此时此刻，他为明天琢磨着，构思着，微笑着。

忽然，那片阴霾似乎卷土重来，步步逼近，如让人透不过气的风暴一般，再度慑住他的心智。他得稳住心神，阻止阴霾蔓延，而要点亮心境，他所知道的唯一方法便是展望未来。

利夫知道自己不能没头没脑地到处乱撞。

得做好打算。

去北方，老卡尔说过，得把船往北划——疾病和死亡没法跟着他和小卡尔到那里去。现在只剩下他自己。

可是“北”只是一个方向，不代表某个确切的地点。

“你可以的。”利夫暗自鼓劲。向北，一路向北，永不停歇。

对了！也许老卡尔就是这个意思。

心中没有终点，乘风破浪，一往无前。

他奋力划桨，唱起歌来：

向北，一路向北。

像风一样，

像风一样。

我要做风。

向北永恒吹拂的风。

平缓的旋律，让他定了定神，将他心中的阴霾驱散了一些。他正在习惯这一切，习惯这样的自己。

忽然之间，他不再孤单。

六

鲸

虎鲸。

饰有美丽黑白条纹的背脊和帆形的背鳍划破水面，出现在独木舟周围，似乎从虚空而来，包围了他。利夫数不清楚究竟有多少头，因为它们时浮时潜，时进时退，有的还钻到同伴身下嬉戏。至少有六头，八头也不一定。有的大——其中一头或许是雄鲸，个头真不小，比独木舟还长，宽阔的背鳍耸立在水面上；有的则小得多，那两三头应该是虎鲸里的小朋友。

“杀人鲸……”利夫想，“我应该害怕才对。”它们扇扇尾巴或者轻轻一撞，独木舟就会翻掉。他曾经见过虎鲸把小海豹当玩具抛来抛去，那可怜的小东西耷拉着脑袋和尾巴，显然已经断气。还有几次，他见到虎鲸游到营地附近激烈地打闹，能够听到鲸身撞到岸边发出的巨响。

而且他模模糊糊地记得，他病得神志不清时，它们还把独木舟拱来拱去，应该是把他和他的小船当成了玩具。现在它们要是玩心大起，冲过来……

他应该害怕的，起码要谨慎些。

然而他没有。这群生灵顽皮可爱，根本没有威胁。那两头小虎鲸也只是游上前来，轻轻地顶了顶独木舟。它们好奇、贪玩，但并未做出过分的举动。他生病时前来玩闹的，难道就是它们？

他看清楚它们的模样后，惊呆了，美得不可方物。它们身上的黑白条纹在清冽的海水中时隐时现，它们的身体线条简洁明快，像是大师雕刻或绘画而成。它们从容不迫地游着，紧挨着独木舟在水中穿梭。他不知道是自己划得够快，跟得上它们，还是它们有意放慢速度，陪伴在他的身旁。就连那头大的似乎都不想远离，还在距他一桨之遥的地方喷起水来，让鱼腥味浓重的温暖水雾笼罩利夫。

它们是一个家庭。这一大家子虎鲸随他而行，反正看起来是这样，要不然就是他在追随它们。

无所谓了，怎样都好。利夫已经把它们当成了朋友——

其实他知道这样有点儿荒唐，不过他清楚，也坚信自己不会被它们伤害。

世事难料。

虎鲸围着小船游来游去，他则由着它们，却没料到几头鲸兜着圈子进入一个小湾。它们的目标十分明确，因此利夫恍然大悟：它们早就打算到这里来，而他被小虎鲸前推后拱，跟着它们进来了。

他怎么可能不中招？利夫想，被它们这样围着，自己哪能不犯迷糊？

小湾最里面有一片倾斜的浅滩。海岸有很长一段延伸入水，上面盖着一些还没有他拳头大的小巧圆石。数之不尽的石头从海岸一直厚厚地铺到海底，宛若一张巨大的石毯。他拾起一块，发现不停歇的海浪和无休止的潮汐将它们打磨得十分光滑。

看来鲸是为了这些石头才到这里来的。利夫把独木舟划到岸边，眼见它们依次俯冲而下，用肚子或者侧腹在石毯上滑。咔嗒咔嗒、稀里哗啦的巨响透过独木舟的壁板和底板传入他的耳中，也震撼着他的心。

起初利夫以为它们只是在玩耍，因为它们似乎真的很享受鹅卵石的触感。它们一头接一头地打着滚滑行嬉闹，还自觉地游到“U”字形的海岸线东侧排队。它们滑过石毯时，后背会高高拱起，像被人爱抚一般。

然而，它们并非单纯在做游戏。经过仔细观察，利夫发现，虎鲸们似乎在利用这里的石头来达到某种特定的目的——或许是清洁肚子与侧肋。它们小心翼翼地滑着滚着，让脸、胸、肚子，乃至尾巴，依次从海底的石毯上蹭过。

成年虎鲸满意之后，游向两头小虎鲸。两个小家伙刚才一直在看热闹，始终没有亲身尝试。大虎鲸教它俩游到靠近岸边的地方，在石毯上打滚滑动。起初它俩没学会，不是游歪了，就是游反了；不是忘了打滚，就是只擦洗过身体的一侧，有时还用嘴巴高高挑起石头，再用尾巴拍。它俩简直跟小狗差不多，利夫这样想着，笑出声来。或许是听到了他的笑声，利夫忽然发现，那头巨大的雄鲸慢慢地离开两个小家伙，停在了独木舟旁。大鲸紧挨着小船，将利夫与还在耐心教小鲸——被利夫认为像小狗的那两个小不点儿——怎么用石头擦澡的其他同伴隔绝开。

雄鲸停在那里。

没有动粗，甚至没有恐吓他。

只是待在那里。

做出保护的姿态。

雄鲸呼出的水雾飘到独木舟上，笼罩在利夫周围。利夫像刚才那样嗅了嗅。气味很浓，腥腥的、咸咸的，但不仅如此，还夹杂着温暖，以及发自这只巨大动物体内的热量，让利夫得以更深入地了解它。这独一无二的气息源自它，唯它所有。它静静地待在那里，缓慢但有力地喘息着，高大的背鳍立于独木舟中段附近、利夫伸手可及的地方，黝黑锃亮。就在那里。

就在……那里。

“我应该摸一摸。”利夫想，“摸摸它的背鳍，它没准就认识我，亲近我了。”然而他管住了自己，不是因为害怕，只是不好意思，就好像他一伸手就会打扰它，失礼于它。这只生灵身形巨大却善良慈蔼，对一个独自待在独木舟里的男孩无侵无犯，而他又怎么能在它做事、想问题时添乱，怎么能伸着细细的胳膊，傻里傻气地抚摸它昂扬挺立、闪闪发光的背鳍呢？他有什么资格？

可是，他想，等等……

还是可以的吧？

忽然，他感觉脑海中有火花闪动，不禁想起自己初次试着用火石、火镰和松鼠巢点火的情形。一颗火星逐渐蔓延，像赤红的蠕虫一般以草屑为食，越长越长，越长越壮，最后伸出第一缕细小的火焰卷须，卷住了枯草与干枝。

他的头脑中几乎在上演同样的情景：他思想的火星化作一条闪着微光的小虫，以各种想法和渴求为食，然后渐渐长大，化作火苗，渴望的火苗——他想知道，想知道得更多，体会得更多……

离得这么近，时机也刚刚好，他怎么能不伸手摸一摸？

于是他的手几乎自动探出独木舟，伸到离他不远的地方——不，很远，他想，这只手跨越了两个世界。他的拇指和其余指头轻轻地、温柔地捏住了雄鲸坚硬背鳍的后缘。

捏了一会儿。

这样就好，一会儿就够了。

然后他松开手，抽回胳膊，回味刚才的感觉。鲸的背鳍出乎意料地硬，就像一块有生命、闪着黑光的石头，还滑溜溜的。好像有点儿温度，不过他也说不准，因为它湿乎乎的。

不知接下来会怎样。它会生气吗？会烦躁吗？会不会把他的独木舟砸个稀巴烂？会不会使劲一甩尾巴，让他飞出船去？

不管对方做什么，或者不做什么，利夫都不会大惊小怪。雄鲸微微昂起头，歪歪身子，好看清坐在船中的利夫。它直视着利夫的眼睛，片刻之后又调正身体，一动不动地待着。

它在保护同伴。

蓦地，它呼出一口气，而利夫恰好吸气。他刚才不由自主地屏住了呼吸，直到现在才发觉该缓缓气，于是刚好把鲸呼出的、掺杂着它的味道的温暖气息吸入体内。这股气息与残留在他手指上的触感融合在一起。他真想跟它聊一聊，真想问问它……

问什么？问一头鲸什么？

什么都问。问一头鲸应该知道、可能知道，而利夫也渴望知道、渴望懂得的一切。于是他柔声说："那个，我……"

他没有说下去，他不知道自己究竟渴望什么，渴望知道什么。紧接着，渴望被惊讶取代。这种感觉似曾相识，好像曾经有过这样的时刻……鲸看见了他，读懂了他，知道他不是坏人；而他，一个男孩，也明白了鲸知道自己毫无恶意。一人一鲸心照不宣。

他俩并排待在那里，坦坦荡荡，笃信自己不会伤害对方。

这就像一场对话。没错，一场对话。

这场对话无言无歌，全凭心领神会。利夫知道自己一生都永远不会失去、不会忘记此刻领悟到的一切，希望鲸也是如此。这份领悟让他相信他俩是朋友。不，不仅是朋友，似友非友。大鲸一侧的背鳍上有一条小小的、斜斜的凹疤，疤痕不比男孩的手掌长。利夫知道，要是下次再看见这条疤，他一定能认出这头鲸来，一定能想起他曾经与这位鲸朋友交过心，同时对方也把自己的部分思想与灵性传递给了他……

所以确切地说，把他俩联系在一起的不是友谊，而是一种近乎友谊，而又与之有着微妙差别的羁绊。他真想这辈子都待在这里，待在鲸群旁边，因为他喜欢与它们，与这头雄鲸相伴。

然而不久之后，成年鲸洗完了澡，两头小鲸也玩够了，于是大家一齐转身，向小湾外面游去，转过岬角，不见了。看得出来，这次它们知道自己该去哪里。

它们走了。

七

饥饿

利夫的心中也有了方向。

鲸群离开了，游得很快，他的小船根本追不上。他知道，或者说他觉得，以后再也见不到它们了。

不过他与它们前行的方向是一致的。

他要到北方去，随风向北行进。为了这一路能畅通无阻，他把船划出小湾，转到东边，从那里出发向北划。然而晚些时候，风从西北方吹来，因此他又变成了逆风而行，有力的洋流把他往回推了一小段距离。现在好像不论他划桨划得多么卖力、多么快，船都不进反退。

很明显，大自然在跟他作对，让他没法顺利前进。他举目眺望，发现东边有一个峡湾，于是划船进去，等待风停水顺。

这个峡湾酷似一条深深的峡谷，两旁是绵延而去的崇山峻岭，尽头是略微弯曲、夹在石坡中间的狭窄水道。一条小溪从它的一侧流下，汇入其中。石坡下方没有滩涂，但利夫靠近时发现有鲑鱼在坡边的急流中跃动。鱼群的规模很小，密度并没有大到鱼儿头挨头、身贴身的程度，但足以让他饱餐一顿，抚慰他的辘辘饥肠。一片片灌木丛蔓延至小溪，又向远方铺展开去，其中还点缀着一蓬蓬黑莓。尽管悬挂在其中的果实不像之前那片黑莓丛里的那样多，但那黑红黑红的诱人颜色，再加上朝小溪出口游动的缕缕银光，让他觉得更饿，简直要饿昏了。

没有熊。他既没看到熊，也没有发现猛兽出没的痕迹，连很久以前留下的痕迹都见不到。

不过哪里都可能有熊出没——黑熊和大棕熊。考虑到这里的地形，他要是贸然把船拴在灌木上，独自上岸，可能要不了多久就会被猛兽捉住，难以逃脱。

当然，熊或许不会伤害他——就跟早先那次一样，然而他不想寄希望于侥幸，万一形势不利……

得想个办法快去快回。抓住灌木，上岸，快点儿跑——可是同时他又想到根本不必离开独木舟。他可以把船划到想要跃入小溪的鱼群上方直接下鱼叉，待有收获以后再划出峡道，找个偏僻的、没有熊的小岛生火，用餐，熏鱼，睡觉。

就该如此，本应如此。

他划桨来到石岸边，用力一推，让船首微微翘起，卡在岩石上。船下，一条条鲑鱼锲而不舍地向溪口猛冲。他靠在船帮上，小心翼翼地把鱼叉探入水中。一条鲑鱼来到他跟前，犹豫了一下。利夫抓住机会，用鱼叉猛刺，刚好刺中它。

鲑鱼似乎被吓呆了，不等它打挺挣扎，利夫便把它挑起，甩入独木舟。他拧了一下木柄，将带倒钩的鱼叉头抽出，又插入水中，同时注视着水面，等待机会，很快便又叉到一条。

这时，船周围鱼的数量突然呈现爆炸式的猛增，就好像周围的鱼受到惊吓，都在发狂似的往溪口涌。它们挤在一起，密密麻麻，织成一张会动的毯子，有的还往船底下钻，利夫几乎不必瞄准就能刺中，于是他又多了四条银光闪闪的战利品。嗤——猛然间，一阵鲸独有的呼吸声传来。他转身望去，确定这里并非只有他自己。

又是虎鲸。

跟上次一样，利夫仍然数不清这群鲸有多少头——四头或是六头。起初，他没有看清它们的模样，只是在它们出水换气时望见了同样简洁的线条，透过清澈的水领略到了它们的美丽。然而后来，一头虎鲸歪过身子，让背鳍掠过船尾，他这才看见那条斜斜的伤疤——这是他虔诚抚摸过的那头虎鲸。

他俩聊过天，认识彼此。有那么一会儿，利夫心花怒放——他原本以为不会再见到它们了。

只是这一次气氛有所不同，非常不同。它们并不像上次那样轻松活泼，没有在海底的岩石上打滚，也没有教两头小鲸好好守规矩。

它们来到这里，是为了捕猎，为了进食。刹那间，它们变得精明而干练，冷血又野蛮，专注而强悍。也是在刹那间，鱼儿陷入恐慌。显然此时此刻，捕猎和进食以外的事情根本无关紧要。不等利夫发出惊呼，转瞬之间，它们便来到了他跟前，似乎不把他和独木舟放在眼中，或者说这人和船不过是它们需要清除的一个障碍罢了。它们毫不犹豫地行动起来，用鼻子一拱，独木舟便被甩到了一旁。这一下猝不及防，令船险些倾覆。利夫根本无力招架，他拼命划桨，小船摇摇晃晃地离开石岸，向深水驶去，越漂越远，漂到鲸碰不到的地方。

然后，虎鲸游了进去，在利夫的小船曾上下颠簸的礁石之间，忙着捕鱼。石岸与两侧的陡峭石壁形成了一个大大的“U”

字，一大一小两头成年鲸在“U”字的开口处吹着泡泡来回游动，一串串气泡挤在一起，像一堵墙，也像一张网。

利夫恍然大悟——虎鲸在用这张泡泡网围捕鲑鱼：它们先把鱼赶入“U”字的开口，困住它们，然后把口子收得越来越小，最后让那群鲑鱼像被赶进了沸水中一般。

鲑鱼一条挨一条地挤在一起时，几头虎鲸轮流从鱼群旁掠过，张开嘴巴，大快朵颐。然后，用过餐的鲸会游出去吹泡泡，继续堵住包围圈，替换其他同伴进去，让它们也美餐一顿。

“这配合无懈可击。”利夫想。虎鲸仿佛在跳舞：它们划出优美的曲线冲向鱼群，一探头，而后歪着身子游开，下一头紧随其后。利夫真想把这支舞编入歌中。本来可以的，可惜不速之客的到来让他分了神。

鹰。

还有渡鸦。

还有小型鸟——松鸦，以及他没见过的鸟类。

它们是被鲸特有的捕食习惯引来的。不过，利夫对此并不确定，他原以为像虎鲸这么大的生物吃鲑鱼这种相对较小的鱼类时，会整条吞食，整条消化。

然而，事实并非如此。它们先是用尾巴冲鱼群狠狠一拍，拍晕几条鲑鱼，然后身体灵巧地一扭，来到猎物的侧面，轻轻松松地咬掉鱼身，吞掉鲜嫩的鱼肉和内脏，让鱼尾和鱼头随波漂走，有的渐渐沉入海底，但更多的是浮上了水面……

于是鹰被吸引过来。它们似乎是从四面八方聚集到这里的，刚才一定是在观察、等待。这种鸟，尤其是成年的大鸟，样貌英武，身体呈深棕色，头部雪白，显得威风凛凛。它们的翼展似乎跟利夫张开的双臂一样宽。利夫试着数了数，但跟数鲸时一样，一只只鹰总是飞来飞去，让他分不清哪只数过，哪只没数过，因而得不出确切的数字。一二十只吧，他想。鹰纷纷从树上俯冲而下，干脆利落地伸着爪子掠过水面，抓起鱼头和鱼内脏，又飞到树枝或者石岸上狼吞虎咽。

但它们似乎贪心得不得了，老是吃着自己的，看着同伴嘴里的，还时不时地抢两口。很快，它们打成一团，大翅膀上下翻飞，尖叫声此起彼伏，尖利的爪子乱抓乱挠，鱼头、鱼肠被扬到空中，又落在它们仍然颇具威严派头的白色脑袋上。

倒是也有聪明绝顶的鸟儿从这场混战中获利，那就是渡鸦。它们在鹰群中穿梭，有的凑上前去跳跳飞飞，吸引对方的注意力；有的则在一旁耐心等待，时机一到便悄悄窃走白头鹰的劳动成果。很显然，它们早就分好工了。还有那么几只，觉得偷偷摸摸不过瘾，甚至有意趁乱去啄鹰的眼睛。

就这样，不管是海上还是空中，虎鲸、鲑鱼、鹰、渡鸦和时跳时飞的松鸦乱作一团。前来凑热闹的，还有几只利夫未曾见过的水鸟。它们潜入虎鲸包围圈的中央，把其他鸟觊觎的东西叼出水面。鸟儿们争着、抢着。鱼头、鱼肠、鱼尾乱飞；白头鹰尖声厉啸，渡鸦嘎嘎大骂，虎鲸在海中用尾巴拍着鲑鱼，击水声震耳欲聋……

在这段时间里，独木舟随着海波漂来荡去。利夫想都没想就操桨把船划到了安全的地方，同时小心地用膝盖稳住独木舟，免得它被不远处打着滚游动的鲸弄翻。一只只白头鹰在他跟前俯冲入海，为了不被它们的翅膀击中，利夫只好把身体缩成一团。

竟然有一只鹰大大咧咧地落在船头吃起了鱼肠。没过一会儿，一只渡鸦偷走了它的食物，它一转身，发现了利夫放在船底的死鲑鱼，于是跳下来，抓起一条，意欲飞走。但是鲑鱼太重，坠得它难以立即起飞。利夫用桨面拍过去，鹰丢下鲑鱼，冲利夫尖啸一声，飞回了鸟儿们的战场。

不久之后，利夫终于把船划远了一些。

安全了。利夫坐在船边，稳住仍在摇摆的独木舟，用心远眺，想把鸟儿的大战看个明白。然而战况实在复杂，他根本看不过来，也琢磨不透。

最后，他只是坐在那里，像一条被吓呆的鲑鱼，被看到的残暴场景所震撼。

这一切猝然发生，又戛然而止。用完餐后，鲸掉头游出峡湾，鹰和渡鸦抓着它们带得动的战利品飞走，就连小一些的鸟都飞回树林，躲了起来。

除了石头上的一些污渍，一切都好像没发生过，好像刚才利夫眼前的那场混战不过是幻象。这是一场夺食之战。利夫突然明白，鲸、渡鸦等生物似乎具有灵性——幽默、多谋、狡猾、深情，然而只有饥饿——纯粹的饥饿，才是驱动自然界万物的根本动力。当然还有愤怒，但愤怒源于饥饿。他思索着，低头望向自己叉来果腹的鲑鱼，下定决心决不做饥饿的奴隶，一辈子都不做。

决不让饥饿成为他生命的主宰。

向北，一路向北。我眼里的，不只是填进肚子的东西。

甩掉饥饿，看远一些。

看远一些。

看远……

八

捕鱼营地

又一个岛。它远离东边的大片陆地，位于一条海峡中——这条海峡通往西面一个大得不像岛的阴森岛屿。这里可能没有熊——但愿吧。

这个小岛尽管与大片陆地隔绝，但周围也有许多岛湾。利夫在岛的北侧选定一个岛湾，把船划了进去。那里的水不太深，岛湾尽头是一片小小的卵石滩，乱石中有一条小溪流过。岸上有一个沙砾坑，他把船拖离水面，翻过来倒扣在沙石上。

他早就发现独木舟好像变重了，这是因为雪松木吸饱了水。因此，他想在岛上待个两三天，一边熏鱼，一边晒船。

首先得搭个营地。

起雾了。利夫趁还看得清路，花了些时间收集木柴。

过了一会儿，下起小雨。他又耽搁了片刻，在一大块树皮下面找到一个可以用来引火的干鼠巢。

到处都湿漉漉的，想要点火并不容易。利夫打了四次火石才点起一小簇火苗。火生起来之后，他又费了很大的力气才用细枝把它点旺，最后添了些粗树枝，让它变成像样的篝火。

篝火熊熊燃烧，细雨落在上面嘶嘶作响，化为缕缕薄雾。利夫在岸边砍下颀长的绿柳来制作熏鱼架。他把每根柳枝的一端削尖，围着火堆插在地上，让另一端向内倾斜，将篝火笼在中央，随后又在这几根柳枝的枝杈上横着搭了五根木头。

虽然没有老人们在钓鱼营里做的那个大架子好，但熏四条鱼还是绰绰有余的。

利夫用刀子剖开刚才放在地上的死鱼。他饿坏了，忙不迭地掏出其中一条鱼的鱼子，蘸着海水借味下了肚。那条被鹰抓过、扯破的鲑鱼则被切掉头，清除内脏之后，放在向火堆倾斜的平滑岩石上烤。

利夫把剩下的三条鱼沿着鱼骨两面片开，留下鱼身和鱼头的连接处没有切断，再把鱼内外翻转，在鲜红的肉上切出一道道口子，好让鱼熏透。随后，他就这样把鱼挂在熏架上，又往火里扔了些新鲜草叶和树叶生烟。烟可以传递热量，让鱼干得更快，也可以驱散苍蝇。一群群苍蝇被鱼内脏的腥味引来，它们要是落在鱼肉上产卵，卵很快就会孵化成蛆。他用铜锅盛了些海水——因为海水是咸的——把剩下的鱼子、鱼肝和刚才在石板上烤过的鱼头丢进锅内，将锅直接放在火上煮汤。

不久，石板上的鱼便烤好了——起码烤熟了。利夫从骨架上扯下鱼肉狼吞虎咽，同时把鱼骨和酥脆的鱼皮放进锅里煮，就连鱼鳞都没有丢弃。

肚子里装满鱼肉之后，利夫给篝火添了些柴，又采来几捧野草和树叶撒入火中。随后，他在溪边用手掬着清水痛饮了几口，又想采黑莓吃了。

这里没有大片的灌木丛，他沿着潺潺的小溪走了半天，终于发现了几蓬黑莓。或许是物以稀为贵，他觉得每一颗浆果都甘甜爽口至极，有如上天的恩赐。他摘着，吃着，把嘴唇和指头染得黢黑，一颗颗果实跟他肚子里的鲑鱼肉和清水混在一起，等他终于停下时，他困倦得几乎可以站着入睡。

利夫筋疲力尽，他肢体无力，骨头酸痛，得赶紧躺下睡一觉，不然可能会昏过去。

天仍下着毛毛雨，或者至少起了浓雾。利夫回到篝火旁，加了些柴和绿叶、绿草，开始搭建栖身之处。

他抬起早先倒扣在地上的独木舟，让它的一端搭在一块巨石上，于是小船变成了窄窄的斜顶。沿着倾斜的独木舟的两边，他放了几块木头，塞进沙砾里，顶着倒扣的独木舟。这样做是为了防止起风时独木舟翻倒。确定独木舟支牢固后，他把行李和工具放在独木舟下方，铺好有点儿发潮的毯子，还把毛毯的一端压在搭于地上的船尾下方，打好了地铺。

他又看了看篝火，往里面添了些柴和新鲜草叶，然后爬到独木舟下。那张毯子一半被他当作垫褥，一半盖在他的身上。没过多久，利夫便进入了梦乡。

他做了一个梦，他梦见小卡尔没有死，仍然调皮活泼，还围着火堆跳快步舞，老人们乐不可支，为小卡尔打着拍子。小家伙腿太短，舞步并不标准，尤其是需要高高跃起的那段，但没人在意，他自己也笑个不停。突然，利夫的妈妈出现了。梦中的她个子高挑，身材挺拔，头发很长，可是利夫看不见她的脸。他想让妈妈转过来，或者想自己走到她面前去，好瞧瞧她的模样，多了解了解她。可他没能如愿，小卡尔依然随着老人们打出的拍子跳着，利夫却觉得这个梦变得没那么快乐了，甚至有些折磨人。

他老是看不见妈妈的正脸，就急醒了。利夫恼怒地睁开眼睛，马上发现来了几位不速之客。

火堆和熏架旁围着一群渡鸦。火苗几近熄灭，仅有一缕薄烟从一条条肉片之间穿过。渡鸦蹲在一旁，酷似一群老人。它们竖起羽毛以抵御雾气，想等烟完全消散以后过去偷肉吃。

“喂！”利夫大吼一声，冲渡鸦群扔了一块石头。没打中，只是让它们稍受惊吓。这几只鸟连飞都不飞，只往旁边挪了挪。

现在火堆周围共有八只鸟，而营地周围的树林里究竟有多少，利夫根本数不清。忽然，两只渡鸦离队，鬼鬼祟祟地向他走来，显然是打算调虎离山。

“又想使坏主意。”利夫想。上次在鲸的围猎场跟白头鹰争食时，它们就用过这样的伎俩。两只渡鸦打算对利夫“使手段”，把他从熏鱼旁引开，让同伴们大吃一顿。

“哼，”他想，“没门儿！”

“没门儿！”

利夫大喊一声，从独木舟下方滚出来，起身走到火堆旁。他堆在那里的柴火已经沾了雾气，最上面的几根潮乎乎的，但好在下面的还算干燥。他马上把火弄旺，添绿草绿叶生烟，又捧起锅，喝了几口鱼汤。

渡鸦竟然没有飞走，这令利夫大感意外。在以前那个捕鱼营地里，人们只要一开骂、扔石头或者扔树枝，它们就会逃之夭夭。而在这里，这几只鸟有的站在石头上，有的杵在岸上，偶尔走几步，有时还交头接耳。

它们在等待时机。

利夫再次好奇起来——它们到底在说什么？它们的叫声时高时低，有时是咕咕唧唧，有时是咯咯嘎嘎，有时则是从喉咙里钻出来的颤音。它们一定说了些什么，是有用的话，它们的同类听得懂。

等等，再等等，他一会儿就又睡着了，咱们就有东西吃了。

这是个大笨蛋，一会儿就顾不上看着咱们啦。

等着就行。

“可能是这样的话，”利夫想，“大概吧。”

要不然就是在笑话他，有时它们的腔调实在惹人烦，简直跟冷嘲热讽差不多。

这家伙也太逊了，连飞都不会。

一根羽毛都没有，丑得要命。没有羽毛，晒太阳能晒暖和吗？拿什么遮风挡雨？

“我得多留心，”利夫想，“好好看着火堆，让烟一直冒，不然我就得挨饿了。这里除了这几只大鸟，可什么都没有。”

好在已经雨停雾散。他坐在篝火旁，把头发、毯子和湿漉漉的棉布衣服烘干。

忽然，他强烈地记起以往在船上的生活。那时他被打发来打发去，换着地方做船员，或者更确切地说，是船上厨房里的奴隶，低人一等，做一些缝缝补补的琐碎活计；给船员们做油腻腻的餐食；倒便桶——天气太恶劣，大家无法在船边方便时，就只能用木桶凑合；不管谁都可以随随便便地对他动粗，而他只能躲着。最糟糕的那次，他忘了把缝衣针泡在油里，针生了锈，于是几个船员狠狠地打了他一顿，让他一个星期都没直起腰来。船上老是潮乎乎的，一件干衣服都没有。衣裤布料接缝的地方永远浸渍着含盐的水分，让他的腋窝和大腿根一直起疹子。

而在这里，他的衣服干干爽爽的——这种舒适，他在船上从未享受过。

现在也没有人打他。

危险……也许有。不，一定会有。熊和大海都可能要他的命。不过他不会挨打。

在这里，生死安危都取决于他自己；能否吃得上饭也要看他是不是勤劳敏捷，够不够机灵，会不会随机应变。

鲸也是如此。

还有渡鸦。

一切生物都是如此。从鲸到小老鼠，都要思考，都要自力更生、自给自足……

他起身看了看架子上的鱼肉——没想到鱼肉片只熏了一小段时间就干透了。

粉红色的鱼肉再次唤醒了他的饥饿感。他撕下一大块肉，咬了一大口，几乎整个吞下。一块肉填不饱肚子，他还想再吃点儿，但最后还是决定把剩下的熏鱼都留作干粮，在划着桨向北前进的途中吃。

于是他没有动架子上的熏鱼，而是拿起鱼叉，向一条小溪走去。那条小溪由岛上的清泉汇聚而成，最终流入大海。溪水清澈如镜，他蹚了进去。水冷得出奇，把他冻得蜷起了脚趾。溪中没有大群大群的鲑鱼，海里也没有鱼往溪口跃。不过在附近的浅滩找找总会有收获的，他学会了等待。

等待。

他把鱼叉头插入水中，一动不动，让自己的双腿和上身化作岩石，化作树干。不久之后，鱼群来了，认为他一直在那里，是溪底的一部分，于是越游越近。

更近了。

他瞄准一条大鲑鱼泛着银光的下缘，只用手腕和手臂发力，猛刺过去，干净利落地扎中鱼身。他把手柄一转，让倒钩钩住鱼肉，把鱼拉上了岸。

他回到篝火旁，用刀子将鱼剥皮，开膛破肚，放在石板上烤，又把鱼肝和鱼头放进铜锅——这是一条雄鱼，没有鱼子。他在海边用锅舀了些海水，回来煮起了鱼汤。

他又往火里添了些柴和绿叶。烟可以让苍蝇和渡鸦离熏鱼远一点儿。现在，地上和树上还有几只不甘放弃的渡鸦。

然后他背靠篝火旁的一块巨石，听渡鸦咯咯咕咕地聊天。

太阳钻出云层，雨雾全消。他的脸被阳光烘着，肚子里塞满了美味的鱼肉和刚才找到的黑莓。真舒服啊。

这一刻无比美好。

他应该把它延续下去。得想个办法，一定有办法让这一刻永存，或者让它永驻心底。这样他在遭遇逆境时，只要想起这一刻，就能振作起来。

利夫想把这美好的一刻编入歌中。一首好歌，一首可以边划船边唱的歌。要么就将它融入舞蹈，盾牌舞就不错。然而他转念一想，歌和舞都并非永恒的存在。得想个更妙的法子，找一个禁得起时间磨砺的载体，将这一刻永久留存。此刻，他要是有凿子，就会把自己的经历刻在石头上；他要是技艺精湛，还可以雕一块符文石。但他既没有凿子，也不知道怎么做石雕。他得另辟蹊径。

他想到了。灵感犹如火花一般在他的脑海中闪过——二者大同小异。他要画一幅画。不行，没有纸笔，他没法画出自己的所见所闻。

不过他有刀。

还有木头。

这里的木头多得难以计数，到处都躺着雪松老朽的树干。他可以用手斧劈下一块木板，用沙子磨平，在上面刻下自己的故事。

不，刻下几个瞬间，几个记忆中的、能够组成一篇故事的片段。刻下他的故事。

在松木上留下他的记忆。

九

漂流

有那么一段时间，利夫不考虑未来。

在暖融融的阳光里，他划着独木舟向北行进。他不紧不慢，不时让小船随潮水而行。船偏离方向，开始向南漂时，他便把船靠在岸边，要么打盹，要么在他劈下的雪松木板上又刻又划，等潮水改向。熏鱼干快吃完时，他会找个小湾进去叉鲑鱼，吃饱，把剩下的鱼熏好，离开，继续向北进发。

夜里，天总是黑不透，只是灰蒙蒙的，所以利夫不再考虑今夕何夕，只知道独木舟在前行，一片片树林在眼前一闪而过，同时用鲑鱼和黑莓填饱肚子。

他发觉自己更有劲了，但悲伤的记忆也随着力量的回归渐渐复苏：那时，他身患重病，看到小卡尔死去，他以为自己也死了——不行，回来！

回到现实中来：现在他划得动这条雪松独木舟，又得了鱼，找得着黑莓，也可以向北而行。那时他以为自己做不到的事情，现在都因他越发坚定的决心和强大的力量变成了现实。

虽然还没有恢复如初，但他离当初那个朝气蓬勃的自己越来越近。而且他感觉自己的内心正变得强大，并且有时会为此而惊讶。他坐在随波漂流的小船上，望着渐渐远去的森林，惊奇地发现孤身一人的自己竟如此从容，接着便在木板上刻了点儿什么。

其实用“孤身一人”这个词并不准确，因为利夫的身边从来就没有清静过。渡鸦老是跟着他，围着他飞来飞去，要么就坐在树上等他，待独木舟驶过之后，马上飞到船的前面，再看着小船从它们身前漂过。不止一次，一只渡鸦像以前那只白头鹰一样落在船头，用心地盯着他的熏鱼看，似乎在算账，算他存了几条熏鱼。算清楚之后，它便飞走，去找同伴咕咕嘎嘎地聊天。

肯定是说我的闲话，惦记着我的干粮，还笑话我。

陪伴他的不止有渡鸦。鹰虽然不落在船上，但总时不时地自他眼前俯冲而下，掠过海面，再抓着鱼冲上天空。让利夫啧啧称奇的是，鹰要是觉得捕到的鱼太重，就会把它丢回水中；如果捉到了大小合适的鱼，它们还懂得小心地喙爪并用，让猎物头朝前，尾朝后，免得使自己飞行时身体两侧重量不均。

间或还有一群乌鸦飞来，把抓着鱼的鹰围在中间，轮番上阵，要啄鹰的眼睛。遇到这种情况，鹰——尤其是头上还没有长出白毛的小鹰——会心有不甘、火冒三丈地把鱼丢掉，逃出包围圈，可不久之后还会回来捉鱼，而它的身边仍然围着意欲报复的乌鸦。

每每这时，松鸦和小一些的鸟也会来凑热闹，捡便宜，于是独木舟上空大大小小的鸟上下翻飞，乱作一团。鸟儿似乎很喜欢往独木舟和利夫身上方便，这让利夫不得不频繁舀起海水从头浇下，把满身污秽冲洗干净。

歇战时——鸟儿的混战时间没有规律可言，停息似乎也不需要任何理由——所有的鸟一应飞走，只留下渡鸦。利夫想，这或许是因为乌鸦、其他小一些的鸟，甚至白头鹰都有自己的地盘，而他坐在独木舟里从一片片领地中穿行而过。空中相对和谐的氛围会保持到他驶入下一群鸟儿的领地之前。

利夫还发现，渡鸦的头脑中似乎没有“领地”这一概念，或者即使有，它们也不把其他鸟类的想法放在心上。他认得几只翅羽或背羽有点儿特殊的渡鸦，不论船驶到哪里，它们总是紧紧跟随。他系船歇息时，从来不会忘记把熏鲑鱼压在自己身子底下，因为每次一睁眼就会看见它们。

虎鲸更是时不时地露面。它们总是沿着主航道向北游，他离它们不够近，看不出之前是不是见过它们。

利夫几乎每天都能看见鲸群。他想知道——他好像一直在琢磨、好奇这件事——它们为什么坚持向北进发。它们肯定不需要像利夫那样躲避病魔和死神，但利夫日复一日地航行，每次见到虎鲸，都发现它们是在跟自己同向而行。它们意志坚定，目标明确。它们跟利夫一样，似乎并不匆忙。有几次，利夫看见它们停在峡道尽头，用泡泡网（这是利夫的说法）捕鲑鱼吃。不过它们总是向北游动。它们扭着乌亮的背，用鳍劈风斩浪，喷出片片水雾，一路向北。

这些日子里，出现在利夫眼前的鲸只有虎鲸。在船上做工时，利夫见过其他种类的鲸，还在它们俯冲入水时被那巨大的鳍惊得目瞪口呆。可是这里，哪怕在辽阔的海域中，也只有虎鲸。

除了黑白相间的虎鲸，还有小海豚时隐时现，它们的颜色看起来都差不多。

还有鸟。

还有鲑鱼。

接下来，利夫几乎是心怀感激地融入这样的节奏：海潮向北涌时，他让小舟随波而漂；潮水一改向，他便靠岸休息，吃鲑鱼和黑莓，悠闲惬意地仰躺在船上，头枕毯子卷睡上一觉——不是打盹，而是深入梦乡。

就这样，利夫时歇时行，却再次遇险，差点儿丢掉性命。

十

危难

将利夫带到灾难边缘的，正是他搭乘许久，自以为熟悉、了解的那股海流。

更确切地说，是几股海流。

利夫在那一带发现了几千个大大小小的海岛，还把其中几个用作临时营地，在上面歇脚，躲避熊的追踪，晒船，叉鲑鱼，煮鱼汤。

利夫没有过多考虑这些岛的位置，它们就在那里。要是他详加考虑，了解到它们在哪里、意味着什么，便不会把它们当作与自己的福祉无关的东西而忽略掉。

是大自然，或者奥丁神[1]，又或者是大海创造了它们。

[1] 北欧神话中的阿萨神族众神之王。

仅此而已。它们在哪里并不重要。

除非……

这个“除非”是致命的。

到处都是岛和岛湾，不计其数。然而，它们看似彼此隔绝，散落各处，随处可见，其实都是巨大的海洋生物中时刻变化的一部分，彼此之间存在互动。

它们跟潮水也密切相关。

因此，岛与岛湾的位置至关重要。潮水涌向岛屿和岛湾时，水流受到影响与限制，有时会放缓流速，有时则会猛力反推浪潮，一直推高到它足以淹没这一带的所有海岛。

不过，这需要经历一个过程。各个岛屿的位置、大小和岛湾的规模不同，因此在相当长的一段时间过后，它们才会全体没入海中。

水漫上来的时候，世界会陷入短暂的静止。涨潮了。

随后潮汐会退却，海水开始涌出岛湾。

因此，某些岛和岛湾的位置不可忽略。在大多数地方，只有一股水流向外涌，这时只要把独木舟拴在岸边或者划过去穿越潮流，或者随波而行即可。

然而有时涌出岛湾的水流比从海峡流出的水流要快，两股水流撞来撞去地围着岛打转，越发强劲，不一会儿便会催生出一小股潮汐流。潮汐流会不断“吃掉”经过的水流，变得凶残，化作意欲撕扯一切、沉没一切、吞噬一切的巨大漩涡。

如果潮很高，卷入潮汐流的海水比平时多，那么由此产生的漩涡便会特别大，把周围的一切吸入其中，让它们打着转永陷沉沦。

而利夫对此一无所知。

至少现在是这样。

他睡着了，躺在独木舟里，头枕毯子卷酣睡。刚才，他把自己极为有限的物资包在毯子里，用绳索捆得紧紧的，因为他发现只要自己打盹、睡觉，渡鸦便会放开胆子往盖在他身上的毯子里面钻。他休息时，会把熏鱼放在身边，再用胳膊压住，而那些渡鸦有时竟然胆大到啄他手臂旁边露出来的鱼肉。

可是太阳晒得小船里面暖洋洋的，独木舟漂来荡去，跟摇篮一样。再说，利夫已经疲惫不堪——

要不是那只坐在船边、觊觎熏鱼的渡鸦，他恐怕必死无疑。比起其他同类，这只渡鸦要么胆子比较大，要么肚子比较饿。它打算扯下一大块鱼肉，可是它叼起的肉太重，又连着鱼皮，于是它拼命撕扯，可是脚底一滑，摔倒了，还发疯似的拍打起翅膀来，恰好打在利夫脸上。

利夫猛地惊醒，渡鸦起身离去。利夫刚想继续睡，就发现情况不对劲。独木舟漂得比平时快——远方岸边的树木在飞速向后移动。他坐了起来，想看看到底是怎么回事。

起初，有那么一会儿，眼前的一幕让他大惑不解：海面上出现了一个巨大的圆圈，圈中的水打着旋，而独木舟被困在圆圈的边缘，这让利夫觉得莫名其妙。

这里为什么会出现这么个怪东西？

他觉得奇怪，但没有察觉危难即将降临。

至少现在还没有。

他翻身跪下，抓起桨。此刻他距圆心仍有一段距离，看起来好像只要拼命划桨就能脱离怪圈。

他用力划，船头摇摇摆摆地指向了怪圈外侧。他打算就这样把船划出去，挣脱把小船往圆心方向卷的水流。

过了很久。

行了吧？他想。

很遗憾。船头的指向没有错，然而他用尽浑身解数也没能脱离困境。独木舟似乎被锁在了激流之中。

利夫已经竭尽所能，但还是无法阻挡小船在水流的冲刷下绕着圈子向圆心漂，倒着漂。

怎么动不了？到底是怎么回事？

利夫歇了口气，手上又加了把力气。桨在水中拨来拨去，与那股向圆心牵引的力量抗争，然而一切都是徒劳。他一直划着，划得手臂、肩膀和后背火辣辣地疼，可无济于事。

利夫用余光瞥见怪圈中央有一棵巨大的枯树忽然立起，向前摇摇，向后晃晃，好像在用它乱糟糟、黑黢黢的树枝打招呼，邀他一起前往幽暗之地。没过一会儿，大树猛然被水流吞噬，消失得无影无踪。

他绞尽脑汁，用尽气力，但仍然无法脱身。独木舟被越发强劲的水流裹挟得越来越紧，就像一根枯枝、一片落叶。现在，不论他怎样挣扎，都在劫难逃。

又有几股规模不大但同样有力的逆流在漩涡中形成，

其中一股不等利夫做出反应，便攫住小船猛力一掀。直到这时，利夫都不敢相信自己落水了。

他赶紧抓住船帮。船倒扣在水中，但没有沉到海底——吸饱水的圆木也能浮在海面上。见毯子卷在身旁漂来漂去，利夫想伸手去捞，但没有够到，只能眼睁睁地看着它打着转渐渐消失。

现在……

现在他只能坐以待毙。利夫泡在水中，贴在一大块几近沉没的木头上——这原本是他的独木舟。他感觉自己了无希望，生命走到了尽头。

结束了……

都结束了。

在他周围，一切都发生得更快了。水流席卷着利夫和小船向漩涡中心冲去，他感觉岸边的树木化为了一片虚影。一人一船转得越来越快，来到了中央的深渊附近——利夫感觉自己甚至听到了里面怪兽的怒吼。是水在咆哮——长了利齿的水，挟持他的水，意欲要他性命的水。

他感觉得到。水流像猛兽的利爪一般撕扯着他的双腿，拉着他向怪圈中央、向深渊之下、向末日转动，随后掰开他紧抓独木舟的双手，向下一拽。水面上只剩下一串气泡,那是从他身体里钻出来的。他的生命要飞走了，一去不回。

他投降了。他知道自己没救了，即将命丧于此，马上就会跟小卡尔和神秘的瓦尔哈拉见面。他服输了，任凭自己被水流卷着越沉越深。支离破碎的想法和时隐时现的记忆在他的脑海中一闪而过，然后灰暗接踵而至。他要死了……

死了。

忽然，水不动了。水流起初猛地打起转来，令人猝不及防，现在又突然松了劲。海潮平歇下去，漩涡蓦地不见了踪影。

就这样不见了，几乎是在一瞬间。

漩涡消失了，他渐渐上浮，无知无觉，脑中一片空白。钻出水面之后，他才咳出喉咙和肺里的水，大口地喘息，声音酷似一头虎鲸在喷水。

“啊！——”

他没有死。利夫听见了自己发出的声响，看见了森林，感受到了空气。

甜美的空气。

用蜜调成的空气。

独木舟也被怪圈吐了出来，近在眼前。毯子卷离他有点儿远，但还漂在水面上，十分显眼，所以他看得到。独木舟已经被翻正,只是盛满了水。利夫摸到船头的绳索，拉着小船奋力向毯子卷游去，随后将它捞起，塞进船中，又咬住绳索朝岸边游——不行,扯不动。于是他吐出绳索，绕到船尾，开始用力推。

他游得依然很慢，很吃力。他费了好大的力气，小船才动一点点，但总比用牙咬着拉，船还纹丝不动要好。利夫朝岸边缓缓移动，努力保持“推一踢，推一踢”的节奏。好远啊，岸简直遥不可及。

推一踢，推一踢……

就这样，一段时间过去了。这段时间长得像是一辈子——泡在海水中，腰酸背痛。在这段时间里，利夫发现自己一直在琢磨刚才那个怪圈是从哪里来的，怎样动起来的；自己为什么又一次保住了性命。难道是命中注定，是奥丁神希望自己活下来，因此伸出了援手？

想到这里，利夫笑了。他虚弱、疲惫、几近崩溃，开始厌恶一切，厌恶向北而行，厌恶被这条装满了水、懒得动的船拖累。他笑了。我大概跟鳗鱼差不多，谁吃谁吐，所以能活到现在。我身上有鳗鱼的血，大海吞了我，又把我吐了出来……

利夫就这样胡思乱想着。推一踢一想，推一踢一想。

终于，他觉得自己抵达了目的地。现在，他似乎已经一无所有。他感觉——几乎是凭借直觉感知到的——船头撞上了海岸。他抬起头来眺望，看见了一个岛屿。

利夫试着落下双腿。果然，脚踩到了水底，海水只有齐腰深。岩石遍布、铺满沙砾的滩底让他感到十分踏实。他站在那里，把独木舟推上石滩，翻过来控水，又解下备用桨放在石头上晾晒——多亏他当初把它系在了船头。接下来，他铺开毯子，花了些时间估算自己的损失。

鱼叉不见了。他一时大意，没把它捆在毯子卷上。当然，熏鱼也都被冲走了，他用来刻故事的木板也无处可寻。

仅此而已。还好。

得马上找点儿吃的。饥饿已经在催促他了。利夫想立即行动，可实在太累，得休息一下——为了把独木舟推到这里，他耗尽了身体里储备的所有力气。他趴在被太阳晒得热烘烘的沙砾中，双手托住脸，闭上眼睛，眼睑一抖一抖地张开，而后又合上。

他睡着了。

十一

脱胎换骨

饥饿折磨着他。

利夫睡了很久——是那种全身心的休眠，时间长得足以让他梦见一条深深的幽暗隧道，有一股力量把他往下拉，隧道的终点是被老卡尔称作“尖叫洞穴”的地方，里面凶猛的神兽会把胆小鬼直接吞掉。

忽然，一只大手把他拉出梦的深渊——又是奥丁之手？利夫一下子惊醒，即刻感觉饥饿难忍。他拾起两块鹅卵石放在嘴里，好让舌头有点儿事做，同时管住喉咙别把它们吞下去，以免空空的胃里被塞进些无法消化的东西。

鱼叉丢了，不过他找到一小排柳树，做了一根新叉杆。现在手边没有钢制叉头——唯一的那个随着鱼叉被卷进了漩涡。还好，利夫见过老卡尔用木头做叉头。

他截下一段比老卡尔还高的树干，剥去树皮，放在阳光下晒，待滑溜溜的树汁干透之后，用刀在较粗的一头劈开一道裂口，把一块被削出两根叉尖的木头插进去做叉头，并给这两根叉尖留出了大约一只手宽的间距。

他调整好叉头长短，再用绳子把裂口捆紧，把叉头绑牢。接下来，他小心翼翼地把两根叉尖削锋利——要是把指头顶在上面，恐怕会立即流出血来。

就这样，利夫有了一柄新鱼叉。

他来到石滩,发现有鱼在这里游来游去。他直立身体，等着，等鱼儿适应他的存在，把他看作水中的一块石头、一截树干。

终于有一条鱼游过来。利夫用力往下一刺，感觉叉尖扎到了坚实的肉。叉到鱼了，有东西吃了。

然而木叉头上没有倒钩。他把鱼叉提出水面时，鲑鱼从叉尖滑落，逃了。

利夫摇摇头。得吸取教训。叉尖刚才碰到了水底的砾石，被磨钝了，于是他上岸削了削，又回到水中。

得多等一会儿。刚才被他刺中的鲑鱼猛力挣扎，把其他鱼儿惊得四散而去。它们要过很久才会回来。他等着等着，忽然发觉周围变得鸦雀无声。

刚才这里虽然并不吵闹，但时不时也会有乌鸦、渡鸦嘎嘎咯咯的叫声和其他鸟类的啁啾声传来。

可是现在，鸟儿们无声无息。

只剩下一片冰冷的死寂。

只有水流淙淙，从他的腿边冲刷而过。利夫转过身去，环视周围的树木与水域。

什么都没有。

可鸟儿们就是不出声。

他后颈的汗毛根根直立，某种感觉打着旋沿着他的脊梁骨上上下下。

他看见了。

看见了，也感觉到了。柳树的叶子逆着从岸边吹过去的风，一齐飘向同一方向，诡异至极。

在那里，在树叶和低矮的枝条中，利夫看见有什么东西也在逆风而动。它的中央是黑黝黝的一团，周围还像包着棕黑色的云雾，没有一丝光亮。蓦地，一头巨大的棕熊默不作声地钻出树林，站在那里望着利夫。

啊！

原来是它。

随后又一琢磨——不对。

不是熊，不可能是熊，熊哪有这么大？要是它站起来，肯定……肯定会把太阳遮得严严实实。

利夫从来没有亲眼见过棕熊，只是在船上听大人讲起过这种动物。那时他以为水手们只是在吹牛，好显摆他们多么有能耐、多么聪明、多么勇敢。

然而眼下并不是在故事里。

这是一头像山一样大的熊，比他见过的最大的黑熊还要大两到三倍。

它直直地望着利夫。不，它的目光钻进利夫的身体，又透了过去，就仿佛利夫不在那里，或者说，它根本没把利夫放在眼里。

利夫瞄了瞄倒扣在海滩上的独木舟。离得太远，没法划船逃走。他没有扭头——脑海里有个响亮的声音告诉他，现在最好别动。他让目光扫过树林——不行，来不及跑到那里去。要不然干脆退回到海边吧——距离近，也没有障碍，然后他可以潜水游走。可是那头熊只要稍稍蹿几下，就能在水没过利夫的腰线之前扑倒他。

熊离得太近了。

太近了。

熊要是想吃他，他只能乖乖等死。这时，怪事发生了：他放松下来。

其实没什么好担心的。熊跟恶劣的天气差不多，人遇到它们时，担心根本无济于事。这头熊相当于一场风暴，它要是吃掉利夫，就等于狂风袭来，把他从世界上吹走。

他从病魔手中逃生；没因饥饿丧命；漩涡把他当作鳗鱼肉，吞下又吐出；他在船上做苦工时，也曾多次遭遇暴风雨。倘若奥丁想把他收在身边，机会并不少。

这一次也一样。

决定他生死的不是熊，而是上苍，是奥丁神，是利夫的运道。

于是他放松下来，颈毛落了回去，呼吸也不再急促。他心平气和地等待着，纹丝未动。

利夫打量着那头棕熊。它向独木舟和铺在地上的毯子走去，一边走，一边用鼻子呼哧呼哧地嗅着地面。利夫惊讶于它弄出的动静竟如此之小。这头熊大概有好几个大人加起来那么重，然而它落爪时，竟然一丁点儿声音都没有。

它胖得出奇，一迈步，又密又亮的毛便在皮下脂肪的推动下泛起涟漪。它来到阳光下，浑身闪着近似于黄金的色泽——海豹也一样。近了，更近了。利夫瞧见了在它长毛中飞舞的小虫。

它在毯子旁边停下脚步，小心翼翼地用长爪掀起毯子嗅了嗅，然后把织物甩到一旁——这大家伙的爪子竟如此灵巧。

接下来是那些小物件——绳索团、手斧，以及装有火镰和火石的袋子。它一样一样地仔细瞧过，还动动巨爪，把它们翻过来嗅了嗅，然后哼了一声，转身去看独木舟。

熊把鼻子凑上去闻了闻，懒洋洋地伸出舌头舔了舔一处污渍，又用一只爪子将独木舟翻过来，嗅了嗅船底。看够之后，它转身站在海边瞧着利夫，而他此时正呆立在齐膝深的水中，离熊只有五步远。

利夫想：我要是死在这里，那也是活该。我早该发现这里有熊。

他转动眼珠，看见遍地都是尚未干透的熊粪——这儿一堆，那儿一堆，到处都有，可他刚才没有留意。

可是我累坏了。先是经过一场大灾，然后又推着船游了那么长时间。我那么累，哪看得见熊粪？我错就错在没睡在船里，没待在安全的地方。在船上，钓鱼，睡觉，想干什么就干什么。

满地都是，我只要低头看看就行。睁着眼睛看，一下子就能看见。

这时，熊直立起身体。利夫的命运、未来，正在距他几步之遥的地方端详着他。

这是在打量我。

活该。

满地都是，我没看见，因为……

因为我是个大傻瓜。

最后，一个想法占据了他的脑海：因为我在这里是外人。我人在这里，心却没有。我并不是真心实意地要待在这里。

我只是路过。

熊喷了下鼻子。利夫嗅到了它的气息，里面掺杂着烂鱼的腥味、浆果的味道和因为牙病导致的口臭。熊翘起鼻子，头晃来晃去，嘴微微张开。

它这是在闻我的味道，看我好不好吃。

然而，熊忽然低吼一声，转身离去，踏着无声的步伐钻进了周围的树林。它消失了，仿佛从来没有出现过。

一头幽灵熊。

不，是真熊。

他之所以得出这样的结论，是因为他的膝盖发软，让他一下子瘫在水中。

是真熊。

它本来可以要我的命，吃掉我。可它没有。大概是因为它已经吃了好多鱼——它捉到好多鲑鱼，吃得饱饱的——要么就是我运气好。它只要动动爪子，此刻的我就完蛋了，以后会怎样根本想都不用想。

因为我，利夫，是外人。

因为这里，还有树木、大海、风、鲸群，没错，还有那头熊，都没有把我当作同伴。

他本该参与其中，却只做了过客。

他对奥丁神立下誓言：

我要成为这里的一分子。

我会看。

会学习。

会了解这里，以及所到的每一个地方。

心怀这无声的誓言与更深刻的感悟，他卷起干透的毯子，把铜锅、手斧和绳索包在里面——如今只剩这些工具了，然后将行李捆绑在了独木舟中。他推船入水，用桨撑地跳进船去，始终沿着岸边划船——以后他也会这样做，以防再次被猝不及防地卷入漩涡。

利夫划了很久，始终没有休息，只是观察周围的地形，琢磨可以在什么地方停船叉鱼。他眺望着一个个岛屿，同时侧耳倾听鸟儿们的鸣叫，提防着突然降临的沉寂。这样的寂静是不祥的征兆，总是如此。

最后，他来到这样一个地方：一条小溪流过砾石海滩，地上没有熊粪。他停下船，把独木舟拉上岸，放在离水面不远的地方，以便在必要时能够快速上船逃离。

他一边用木鱼叉叉鱼，一边庆幸自己没有在遇到棕熊时把鱼叉丢掉。这一回，他每次叉到鱼都不会挑起战利品，而是将鱼叉插到水底，再把鱼拖到岸上。

叉到五条闪着银光的大鲑鱼之后，他把鱼放在船上，再划船来到溪口，剖开雌鱼的肚子，吃下一大把鱼子充饥。

利夫沿岸行船，最后找到一个没有熊出没的偏僻小岛。他下船点火，搭熏烤架，煮鱼汤，而后坐在篝火旁，躲避渡鸦和乌鸦的骚扰——这些鸟儿看见他叉到的鱼，跟了他一路，现在又往熏烤架这边凑。

他烤熟一整条鲑鱼，在它刚开始冒热气时便把它吃了下去。鱼肉烤得火候刚好，鲜嫩可口。利夫舔舔手上咸津津的鱼油，往后一靠，思绪飞扬。

得弄一块新木板来刻他的故事，现在他打算刻下的内容也跟以前的大不一样。第一块木板上只有虎鲸、鲑鱼等图形，构不成故事，得再加点儿别的，记下事情的来龙去脉。捕鱼营地、死亡之船、老卡尔。还得再采一些黑莓，装着那么多鲑鱼肉的肚子再添上点儿黑莓才舒服。黑莓……他见过熊停下来吃草，感觉有点儿奇怪。

不过既然熊都可以吃草，也许利夫也能试试，往鱼汤里加点儿绿草。嗯，黑莓、故事、鱼、草、汤……

利夫睡着了。

这一次平安无事。

他中途醒过来几次，往火堆里加了柴草，让火旺旺的，让烟浓浓的，熏燎得渡鸦不敢去偷鱼。现在它们简直无所顾忌，像鸡一样围着篝火走来走去。

利夫想过要不要尝尝它们的味道，但后来放弃了这个念头。他有鱼。渡鸦肉八成又老又柴，而且这种鸟很狡猾，知道绕着他走，根本捉不住。再说他已经习惯有它们伴在身旁，也喜欢上听它们咕咕嘎嘎地聊天了。

睡足后，利夫又回到海上。他找了些黑莓吃了下去，把原本就满塞着鲑鱼肉的肚子撑得圆圆鼓鼓的。

利夫小心翼翼地沿着海岸划船，出入各个浅湾，要是遇到深得一眼望不到头的峡湾，他便加速划桨，让船加速驶过。小船始终向北而行。

现在我和这条船、和现在的我之间，已经没有界线。小船就是我的皮肤、身体和灵魂，我就是水、是树木、是太阳、是鸟儿。

我就是它们，它们就是我。

我们已经融为一体。我是大自然的一分子。

是整个世界的一分子。

我变了。

十二

心跳——海之脉动

这样生活几乎已经成为一种习惯：

划船，累了之后找个安全的小岛，要么扎营休息，要么把小船系在岸边的树上，在船里睡觉。

肚子饿了，就吃熏鱼；熏鱼不多了，就停船找一条旁边没有熊粪的小溪叉鱼——利夫觉得自己的好运已经耗尽，不可能再遇到熊却安然无恙；鱼叉要是坏了，就做一把新的——木鱼叉不结实，经常坏。有时利夫觉得只吃鱼太单调，就去采黑莓；实在找不到黑莓，就在煮鱼汤时切点儿野菜——熊吃的那种——放进锅里，把纯鱼汤变成蔬菜鱼汤。

他偶尔也会在岛上认真地扎营生火，停留一两天。他用雪松枝铺床，再将独木舟竖起搭在上面晾晒。这个过程中，他得加倍小心，不能把船晒得太干，不然船板就会出现细小的裂缝。他可不想让小裂缝在日后变成大问题。

利夫现在又悟到一个道理：适度。把船晒干，但不能太干；肚子饿时要叉鱼、熏鱼，但不能弄太多，免得它们变质，过犹不及；划船划累了，休息便是。

晒船耗时良久，于是利夫开始在故事板上下功夫。他先是刻下捕鱼营地和死亡之船抵达时的情形，随后又把跳舞的小卡尔雕在旁边。往事令他伤感不已，他突然怀疑自己是否应该记下这些事。

然而，即便心怀疑虑，他还是雕着、刻着。最后，他感觉自己刻下这些故事的缘由，以及他的作品以后是否存留于世并不重要。这些故事源于他的经历、他的生活。木板上的故事就是他的生活。等他的作品一部分接一部分完成时，这一个个故事就成了永久的记忆。至于是否有人会看到它们、理解它们……根本无关紧要。

它们是他镌刻下来的回忆。

仅此而已。故事本身便意味着一切，这才是最重要的。

于是他不停地雕刻着。当然，他也会做与生存息息相关的事情。之前在漩涡里丢了一支桨，他便在一棵开裂的枯雪松上劈下又平又薄的一大块削了削，制成备用桨。木桨成型后，他抓起潮湿的沙土把它打磨光滑——就像打磨故事板那样——又将它和行李等东西牢牢地绑在一起。最近，他又见过好多次漩涡。尽管远没有之前困住他的那个漩涡大，但他依然小心地全部避开了。有时他遇到的只是涡流——在潮汐影响下微微打旋的水流。现在他知道它们是怎么形成的了，避开它们便不再是难事。

利夫想，其实在一个地方长久停留没那么难。起初他还有点儿不习惯。以前，他总是躲在臭气熏天的船上一个阴暗清冷的角落里，用手从像猪食槽一样的容器里抓东西吃，为每一口油腻的鳗鱼肉跟别人争抢，免得肉菜被水手们抢光——菜还是他做的。船上的存锚间也腐臭逼人，而那里堆在绳子上的发霉帆布是他的床，也是缝制他衣服的布料。那时，他并不算是真正地活着。倘若船停靠在岸边或者港口，水手们就会将他锁进锚链房，等出海时再把他放出来。那些人似乎把他当成了他们的

所有物，总是有人看着他、囚禁他。

而现在，他孤身一人。

这份孤独妙不可言，令他乐在其中。起初，独自生活的确不太容易——要摆脱黑熊、棕熊等不速之客，要生火，要搭棚屋，但他很快就享受起了这种生活，后来又爱上了随之而来的自由。

他不需要费多大力气就能把独木舟拖上岸，翻过来做简易棚顶，再找一个废弃的鼠巢或地松鼠巢来引火。他敲出火花，引燃火种，生起篝火，用熏鱼和野菜煮汤。用过餐后，他靠在石头上刻故事板，或者做鱼叉，或者……

或者什么都不做。

就好像外面的世界已经融入他的内心。他生活的地方从破船上狭窄幽暗的舱室变成了广阔天地。森林、苍穹、大海——都成了他的家。

细雨中，利夫坐在噼啪作响的火堆旁思索：怎样才能以奥丁之名，把这份感悟刻在记忆中，刻在故事板上呢？

也许他还要丰富一下阅历。

于是他行动起来。

他向北而行，划着船进出一个个峡湾，在没有熊的岛屿上停下来休息，直到某个下午——又或许是早晨或傍晚，在他的新生活中，早中晚并无差别——他驶出一道峡湾，摇着桨，然后发觉船下的水情有些不同寻常。

潮汐如常往复，他仍然可以逆水行舟，或者让船随波逐流，但此刻他有了全新的发现。

浪涌。海浪在以一种与潮水无关的节奏轻柔律动。船下的水似乎有了新的生命，虽然他以前从未察觉，但此刻觉得这一幕并不陌生。他似乎早就应当了解这一切，了解浪涌，了解海水的律动。

利夫恍然大悟。这是来自开阔海域的波涛。多年以前，他就在船上听大人说起过。此前他一直感受得到大海的涌动，只是从未像现在这样在封闭的峡湾内、在群岛之间体会它。在他眼中，它仿佛有了形状，成了具体之物。

按照老卡尔的说法，这是海洋的心跳。“好好感受感受吧。”那天，老人家坐在一堆烂绳子上，用小小的陶土烟斗吸着呛人的黑烟草，烟斗嘴正好跟他门牙上的圆豁相吻合，“这是大海的脉搏，可能是从世界的那头传过来的。你现在感受的，也许是几天，甚至几个星期以前，在很远很远的地方出现的浪涌。它一路到这里来，不知疲倦，走得越远越有劲……”

在了解了浪涌，记起它是什么之后，利夫发觉随着他的行进，陆地与岛屿之间的水道越来越宽了。随后，他看见了洒满阳光的开阔海域，看见了不断涌动的海波……

一切都不一样了。东边依然是一条条峡湾，但他看见远方有大片的陆地，大概得划上好几天船才能到达那里。他已经从岛间平静狭窄的水域来到了大海的边缘。

现在海面上还算平静，然而，倘若大海发起火来，一条独木舟恐怕难以招架。即便它稍稍发威，小小的浪头也会让小船倾覆，沉到海底。

他得沿岸行船，丝毫不能懈怠；得在一道道峡湾之间穿行前进，这样才能在大海变脸、大风施威时保命。他要这样向北行进，那里或许会有更小的岛屿和岛湾可供他避险。

然而，新的问题出现了。在广阔的海面上，他的独木舟渺小至极。即使在滚滚而来的弱浪面前，他的小船也不堪一击，宛若水潭中的一块木屑、一片落叶。

附近的峡湾也比以前那些宽阔、深远得多。海中巨峡里，一条条小河汇聚到一起，从高崖流下，形成道道瀑布，水流有时不等落至海面便化作朵朵浪花。与远在南方的许多峡道不同，此处的峡谷绝非狭窄的缝隙，有的简直宽敞得离谱。在这样的地方行船，难度要大得多。

倘若峡谷很深，他进去之后，要花上两到三天才能沿着曲折的海岸线绕出去。可在这么长的时间里，他才往北方行进了一点点。他要是在峡谷口直接横穿而过，就不必花费这么多时间和精力了……

不过话说回来，大海无边，而他的小船弱不禁风。

此外，峡谷幽深宽广，导致峡谷口也危机四伏。

涨潮时，会有大量海水涌入峡谷。

退潮时，水面会经历短暂的平静，但不久之后，雪白的巨浪便会伴随着震耳欲聋的咆哮冲出水道。

利夫的运气还不错。初次见到这样的情景时，他正好把船系在了岸边。他目睹了巨浪是多么凶猛无情，知道倘若被暴发的自然之力教训，自己绝无逃生的可能。

因此，他想了又想。

有几个选择。回去，继续寻找狭窄的峡道，在里面蜿蜒前行，或……不行。他曾经在一条大峡谷中穿行，发现两侧悬崖矗立，根本没有小岛可供他落脚休憩，也找不到浅滩，没法叉鱼。那里只有石头、高崖，以及……不行。

最后，他有了思路：在涨潮以后，巨浪涌出之前，水流还算平缓的时候，横穿峡谷口。只要动作快一点儿就行。

行得通。

初次尝试时，他等到潮水涨满，随后拼命划桨，果然在大浪涌起之前平安通过。

咻的一下，就跟鳗鱼似的。

在下一个峡谷口前，他故技重施，仍然没有遇险。

他扬扬自得。**没什么大不了的，就看能不能想出办法来。**

他又来到一条峡谷前，它的入口大约有前面那两条的两倍宽，得多划一段距离。**一回事，使劲划就行，完全是一回事。**

可惜并非如此。

他几乎是分毫不差地重复了之前的做法：等待满潮、水流停歇之后，立即出发。

然而，他意料之外的情况出现了。这时，他本应警醒一些，至少别那么自大。

首先，他发现身边多了一群新同伴。这一路，他并不孤独：以前是渡鸦，现在是海鸟——总在他身边飞来飞去，还总有虎鲸随他向北而行。只是它们大多离得很远，利夫甚至看不到它们身上有没有独特的斑纹。不过，虎鲸几乎从未缺席。

可是，现在他忽然被小海豚包围了。那么多小海豚窜来游去，他根本数不清。这里的海豚跟他以前在船上见到的那些不一样：个头较小，颜色跟大虎鲸差不多，两侧还有黑白相间的花纹。

而且它们极为敏捷，它们像是把独木舟当成了玩具，在小船前面和侧边下方穿梭，激起片片涟漪。有时它们离得实在太近，利夫只好把桨抽出水面，以免伤到它们。

小海豚围着独木舟，与它同向而行，在水中轻盈地舞动，还时不时地打个滚，抬头看利夫两眼。利夫觉得它们是在冲自己笑，十分庆幸自己有它们陪伴。

船行至此，他有了别样的发现——令他不那么高兴的发现。情况有变。海潮转向了，开始向外涌动。他早有预料，因此没有慌张。

可是……

总是有“可是”。可是又有海波涌了进来，水量不大，却无休无止，且力道不小。涌出的海潮与涌入的海浪撞击在一起，掀起了浪涛。

起初浪不大，只是一小波翻涌而起的海水。

然而海波继续涌入，推搡着退去的潮水，又裹挟着后者向外涌，浪就越来越大。直到这时，利夫才明白这里为什么会有海豚。

它们搭潮而行，勇往直前，在水中畅快地嬉戏，在巨浪中穿梭。

它们兴致盎然，在大浪跟前一个接一个地跳跃翻滚。有那么一小会儿，利夫被它们逗得忍俊不禁。

直到……

直到他发现自己其实正在与海豚同行。水流向外涌动的速度越来越快，浪也在极短的时间内越涨越高。忽然，小船被大浪攫住，利夫立即发觉它脱离了自己的控制。

船与海豚一起乘浪前进。

只是，没过多久，他便发现船下的水流并非助人之力，而是灾祸之源。大浪越来越猛，几乎要把小船掀翻。

他要稳住船头，让船尾顶住浪头，免得翻船。利夫拼命划桨，换着边划，并尝试加速，不让大浪追上自己。向前，向前……

可惜，他失败了。大浪涌得太快，一下子就把船尾打歪，他根本来不及反应。他感觉船要翻了，并且他知道一旦翻船，大浪便会翻涌着卷起他和小船，让他葬身海底。

刹那间，他发觉自己简直愚蠢至极：竟然跟海豚一起戏浪，最后溺水而亡。海豚倒是玩得开心，而他……想到这里，利夫感到脑海中灵光闪过。

海豚。

它们为什么能在大浪中穿梭自如？它们是怎样做到的？

还有一线生机。海豚此刻正围在他身边，而他只能再匆匆地看上一眼。这一眼，或许就能救他的命。

他看到了。

面对海浪，它们并没有抵抗挣扎，而是利用自己的鳍和身体曲线顺浪而下。

他也一样，不必挣扎，不必抵抗，只需要把桨置于船尾做舵，拨开海浪，让船顺势而下，随浪而行，不可逆势而动。

随浪而行。

与浪共舞。

与海共舞。

船尾呼应着水流，摆正了，独木舟仿佛被注入了生命，跳跃起来。一时间，峰回路转，利夫连大气都不敢喘。外涌的水流越发凶猛，海浪也越来越高，让他热血沸腾。最后他竟然兴奋地放声大笑。

他很快发现，要是让船头稍微偏斜一点儿，而不是直冲前方，船反倒更稳。他看见海豚也在歪斜着身子冲浪，从容地滑行，仿佛会这样嬉戏到天长地久。

不，会有终结的时候。凡事都有尽头。

两件事改变了一切。大浪卷着雪白的泡沫发出让人心惊胆寒的怒吼，独木舟脱离了，或者说差不多脱离了利夫的控制，随着越发汹涌的水流向岛湾冲去。

他拼命稳住船，免得它倾覆沉底。

然而形势更严峻了，他的处境或许会更危险。海浪在把小船冲向岛湾的同时，也在朝它的侧面施力，因此船也有斜着从岛湾口漂过的可能。

在利夫的惊呼声中，独木舟漂到了岛湾口中央。现在利夫能清楚地看到，另一侧的大浪斜着撞向陡峭的岩壁。此时此刻，他根本无计可施。又一次。如果强行拨转船头逃跑，海浪很可能会把船掀翻，让他溺水而亡；倘若听天由命，那么浪涛——现在他对其恨之入骨的浪涛——便会将他抛向峭壁。巨浪似乎为了将利夫和独木舟撞在悬崖上粉身碎骨，不惜拼尽全力。他和他的船将只剩下片片残骸……

完了。他想。

他只能认命。

然而，他又一次化险为夷。在紧要关头，海豚们再次拯救了他。

显然，这些海豚已经这样玩过很多次了，并且乐在其中，所以它们一定知道下一步该怎么做。利夫看着它们，海豚打着滚追来逐去，还时不时地抬头看看他，在海浪中与他并驾齐驱，在接近终点，也就是那座峭壁时，干净利落地闪身钻出波涛往回游。它们有的玩腻了，潜入水下离去，但大多数又迅速回身直面巨浪，滑过浪头，落在浪后平静的水面上。

滑。这个字已经在他的脑海中出现了一百次。**像鳗鱼肉滑出喉咙那样。**

他只需要不拖泥带水，精准无误地迅速掉转船头，让船冲上浪尖，再顺浪滑下。然后再一次直面下一个浪潮，渡过它，然后下一个，再下一个……

应该不难。

然而，他迟疑了。他忽然想到，现在要是划船，独木舟可能会侧对浪涛，随即倾覆。紧接着，他又冷静下来，定了定神。他知道，现在掌握他命运的，并非他自己。近了，更近了，他正在向峭壁猛冲，已经没有时间多想了。

利夫深吸一口气，膝盖张开，撑住船帮，调动起双臂与后背的所有力气，使劲划桨。他感觉独木舟回应了自己，向一侧横过去，仿佛静止不动了。这一刻简直有一辈子那么长。浪尖在他的耳边嘶叫着，小船先是全身颤了颤，而后便在大浪中穿行而过。

利夫调整了一下船头，准备迎接下一次挑战。船穿过巨浪时，他恍惚地感觉海水拍击在脸和胸口上。他在海浪的间歇稍稍缓了口气，而后再次渡过险关。

又一次。

再一次。

他迎浪划船，尽力远离峡湾口两侧的峭壁。终于，外涌的浪潮缓下劲来，渐渐平息，现在他只需要对付海波了。利夫灵巧地顺波而行，让一道道波峰从小船下滑过，最后平安驶过峡道口，得以继续向北进发。

下一条峡谷从陆地延伸出来，比刚才那条还要深，还要大。然而现在利夫已经知道该如何穿越大大小小的峡谷口。他摆好架势，开始冲浪。海豚们也再次跟随在他的身边。他知道，现在的自己与刚才的自己已有天壤之别。

他学到了。

不，不仅如此。他学会了如何学习，如何了解更多。

他是不是变强大了？

不，没有。在向北而行的过程中，他增长了见闻，丰富了体验，也真切地了解到一件事：在万事万物里，他是最渺小的那个。

所以他远远算不上“强大”。

但是在某种程度上，他的确已经不是以前那个脆弱无知的男孩了。

他长大了，与之前那个在船上做苦工的孤儿截然不同。他知道，也清楚，并坚信自己不会回到从前。在奥丁神的世界里，什么都不能让他变回那样。

他微笑起来，加入小海豚的行列。他乘浪疾行，感觉独木舟有了生命，微笑变成了开怀大笑。他要找到一条河流，叉鱼，用海水煮汤，躺下晒太阳。

沉浸在阳光与欢乐中，他想。

这就是现在与以往真正的不同之处。

他找到了欢乐。

十三

欢舞的巨鲸

周围的景象变了。

跟利夫一样。

有那么几天，利夫辛苦无比。岛湾、峡湾全都无处可寻，他只好沿着一条长长的水道向北划船。水道两侧几乎没有可以供他扎营休憩的地方，当他最终筋疲力尽需要休息时，他能找到的只有几丛探出峭壁边沿的灌木和矮树，他可以把船系在树上，稍作休息。

一遇到这样的机会，利夫就会睡在独木舟里，有时会待上好一会儿，有时只是在涨潮时作短暂的停留。好在他在这段漫漫苦旅开始之前多费了些心思，熏好了七条大鱼。鲑鱼要先用海水腌，再挂起来熏——这个诀窍，他也不清楚是后来学到的，还是以前就记得，只知道这样加工过后，鱼肉的味道更好，也在一定程度上更有饱腹感。

灌木丛中没有他朝思暮想的黑莓。日复一日，陪伴利夫的只有渡鸦和海鸥，海鸥偶尔会飞来，在船尾休息。

他发现自己很高兴有鸟儿作陪。这几天他没有见过虎鲸或海豚，因此决定回到更宽广的海域和峡湾中去，避开幽深的峡道。他想，要是这一带所有的峡道都是这样呢？只有陡峭的岩壁，划桨划上许久，船却没走多远。他感觉有时自己只是坐在船里，在原地白费力气，看水从独木舟下匆匆流过。等他真的没力气了，岩壁倒是动了起来，不过是向前。

利夫的身体开始发牢骚：胳膊说不知道要辛苦到什么时候，不想再往北划了，后背立即表示同意，胃也哼哼唧唧，因为没有黑莓吃。他让它们通通闭嘴。不过利夫自己也几近崩溃，要不是想起了老卡尔的话，他很可能会就此放弃。

那是他十二岁的时候。利夫感觉自己已经再也无法忍受生活中的苦难。他遭受囚禁，被人像货物一样从一条船卖到另一条船；他饱受欺凌，挨打挨骂，认为生命已经来到尽头；他想走到船边，一跃而下，让鲨鱼吃掉——它们总是跟着船游，等人们丢垃圾。这就是他觉得自己变成的样子——垃圾。

老卡尔阻止了他。

“日子嘛，可能会越来越好，”老人说，“也可能越来越糟。咱们不知道以后是好是坏，只知道日子不可能总是一个样。你现在认输，万一错过了以后的好日子怎么办？好好记着：只有船周围的水才算是水，别的水都是唾沫。”

现在，利夫琢磨着这番话，笑了。不论胳膊多酸多痛，现在的日子都比在船上的时候好多了。

于是他坚持下来，继续前行。一天，他在船上睡了一觉，醒来，坐起，发现前方是浓浓的雾。雾并不稀奇，但他不喜欢，因为会阻挡视线。

利夫划起桨来，向西北方进入一条狭窄的峡道。他感到船被水流携着向前驶去。利夫几乎什么都看不见，不知道前方有什么在等着自己，然而他感到水情发生了变化，峡道变宽了，水流的速度渐渐放缓，水面也越发宽广了。

有鸟叫声从头顶传来。海鸥在呱嘎大吼，渡鸦在咯咕聊天。利夫想，它们大概是在雾气的上面，可转念一想，又怀疑鸟儿是否能在这么大的雾中飞翔。难道眼前这雾是薄薄地盖在水面上的？

忽然，他听到一阵陌生的声响，不知道是什么东西弄出来的。

哗啦！响彻云霄。

就好像有庞然大物落入或跳进了水中。

就在那里。

在雾中。

在他看不见的地方。

有时声音很近，进而又模模糊糊，仿佛已经远去。

随后，声音消失了。

蓦地，一声、两声、三声——惊天动地的水声再度响起，没有秩序，没有节奏。紧接着是短暂的沉寂，然后又是一声：“哗——啦！”

又安静下来。

利夫本来已经把桨放下，但炸雷一般的水声（他就是这么想的）不再响起之后，他打起精神，在大雾里划了一会儿。小船平稳前行，他真想看透前方灰白色的高墙……

突然，他仿佛穿过了厚厚的纱幕，从雾中走了出来。

刹那间，他看见了眼前的东西。他刚刚驶入一个群岛环绕的大海湾，东边是一片大陆，因此这片海域宽广而平静。

水中挤满了鲸，真的，一点儿都不夸张。水柱满湾林立，此起彼伏。鲸——不仅是虎鲸，还有海中真正的庞然大物——一跃而起，又重重落下，发出雷鸣般的击水声。

就在这时，独木舟正前方的海面似乎在某个东西的推动下越鼓越高，然后一个鼻子探出海面，随后是一头灰鲸的半个身子。它俯视着利夫和独木舟，待了一会儿，又哗的一声翻落到船边，轰鸣而起的海浪几乎把小船吞没。

这一下要是砸到我身上，我和这条船可能就再也上不来了。

利夫简直不敢相信独木舟竟然没有倾覆。刚才被灰鲸掀起的波浪从侧面冲向小船，让小船歪了歪，像木屑一样在水面上滑出老远。他只能眼睁睁地看着，生怕做什么都适得其反，因为之前他已经连连出错。

在浓雾中，他只顾着拼命把船往前划，却没有想到前方是一片海湾。他听见了巨大的声响，却什么也没看见，而现在……

现在，一切都在他的眼前。

眼前这一幕让利夫感到毛骨悚然。他闯入了一群真正的庞然大物中间，它们似乎受到了奥丁神的启示，聚集在此处。利夫突然想起，小卡尔总想黏着干活的大人却饱受冷落时，老卡尔说过的话：“公牛院中舞，老鼠洞里藏。”

现在，在这个大院子里，利夫就是那只最小的老鼠，他稀里糊涂地驱使着自己来到了这里，挤进了一大群嬉闹着的鲸中间。

没错，他见过虎鲸，离得很近很近，他还抚摸过一头虎鲸的背鳍，跟它有过眼神交流。他在船上做苦工时也见过巨鲸，只是那时离它们很远。它们会喷出水雾，时浮时潜，背鳍时隐时现，但从来不靠上前来，只在远处晃一晃黑亮亮、闪着水光的鳍，就消失了。它们似乎总是躲着船，一看见大船，便深潜入海或转身逃离。

而此刻他眼前的这群鲸迥然不同。它们不躲不藏，根本不把小船中的男孩放在眼中。利夫顿时明白了它们在做什么。

它们在做自己。

鲸就该这样。

我要是能活下去，以后就还能看见这一幕。

利夫不知道自己能否脱身。腾空而起的大多是灰鲸——他觉得它们在跳舞。它们应该是在海底充分“助跑”后猛力冲出水面的，就好像要飞起来一样。

可惜它们不会飞，只能落回海中。它们似乎只知道使劲往上蹿，根本没想过从哪里起跳，也不在乎会落在哪里。但利夫知道，如果有一头灰鲸正好落在小船上，他便会从世上消失，就会死掉。

问题在于，他不知道该怎么躲避。它们好像没有明确的想法，只是随心所欲地蹿蹿跳跳——至少看起来是这样。因此要想划着独木舟避开它们是不可能的。

利夫认为，既然鲸们没有计划，他能想出的最好的办法，就是径直把船划到海湾中央——这场狂欢的中心，听天由命，暗自希望不会被鲸砸到，然后上岸、扎营，做一个旁观者。

这样应该可以。

他应该有幸存下来的机会。

只是海湾中不仅有跳起、落下欢舞着的灰鲸，还有虎鲸在来回穿梭，似乎在捕猎。其实灰鲸已经算是这片海域中最小巧玲珑的存在了。

除了它们，这里还有座头鲸，它们下潜时总是弓着背，甚少现出背鳍；还有蓝鲸，它们的体型约是灰鲸的两倍，甚至三倍。

座头鲸和蓝鲸挤在一起，翻滚起伏，用背鳍撩动着水面，不像在玩耍。也许，它们是在解决分歧，至少在利夫看来是这样——它们在水中你来我往地翻滚着，但看起来更像是在觅食。

这就让利夫的处境变得相当艰难，他根本没法沿着直线朝任何一个方向前行。

鲸的捕食方式也给他增添了许多麻烦。一头比利夫乘过的所有船都要大的蓝鲸会没有任何预兆地下潜，小心地一边绕着圈游，一边吐泡泡，制成一个封闭的、类似于虎鲸捕鱼时做的泡泡网的泡泡螺旋，然后再次深潜，昂起头来，张开大大的嘴巴，朝水面猛力一吹一吸，那些被困在泡泡螺旋中的不走运的小鱼与其他生物便随着海水涌入它的口中。

最后，它们会把嘴巴的尖端探出水面，闭紧，再将皱巴巴的大肚子里的海水挤干净。这时，一股水柱会透过密丛丛的扇状黑色鲸须喷出，而小鱼、小虾会被挡住，留在它的大嘴中。

利夫第一次见到它们捕食时，啧啧称奇：先是不挑不拣地全盘收下，再把不想要的剔除掉。

刹那间，他迷迷糊糊地发觉自己和整条船处在一串噼啪作响的螺旋气泡中央。忽然，蓝鲸的大脑袋从他身旁的水面钻出，霸道地把独木舟推到一旁，险些把它撞翻。鲸开始向空中喷水，浇得利夫浑身湿漉漉的。

就像之前虎鲸捕食时忽略利夫一样，这头蓝鲸对利夫和独木舟也是视而不见，简直是不屑一顾。

它要吃饭。

仅此而已。

自从它喷出气泡的那一刻起，利夫和小船便成了碍事的东西。现在利夫的确就是被一群跳舞的公牛围在中间的小老鼠。

他无计可施，不知该何去何从。他刚回过神来，发现自己没有被突然出现在下方的大嘴吞下，便使劲划桨，想要离这头蓝鲸远一些，而这头蓝鲸正在下潜，准备故技重施。

结果利夫发现，周围突然又冒出一圈气泡。他赶紧抓住船边，张开双膝撑住船帮，稳住小船，同时防止自己被撞飞出去。

他想要保持冷静，却失败了。他又开始划桨，想要离开，却发现自己又犯了错——水中又赫然出现一张大嘴。

要是干脆就这样把船来回划……

不行。除去那几头吹着泡泡捕食的蓝鲸，更多的鲸正张开巨口、竖着背鳍在海面上横冲直撞，找东西吃。

于是利夫打定主意，选好一个方向往前划，要是下方出现大嘴，就径直前行躲开；要是被捕食者追击，就掉转船头，逐渐加速，迂回前进，奋力冲刺，直到陷入另一个泡泡螺旋。就这样，他进进退退，弯弯绕绕，冲来避去，终于在忙乱中让小船撞上了海岸。独木舟被从巨石后探出的枯树挂住了，直到现在，利夫也不知道自己是怎么把船弄到这里来的。

船里的水晃来晃去。利夫全身湿透，脸上糊着头发，嘴里塞着一大片熏鲑鱼。

也许他刚才在慌乱中觉得饿了，不知不觉地咬了一大口熏鱼，后来又忙着划船，防止自己跟鲸一起沉入海底，所以忘了咀嚼和吞咽。

他嚼了几下，把熏鱼吞进肚子，又翻出铜锅，把水往小船外面舀。在他面前的海湾中，鲸依然忙活着——跳跳落落，吐泡泡捕食，追觅猎物，水面上热闹一片。

不过他现在已经从它们的包围中脱身。利夫慢慢地沿岸划船，来到一片小湾（其实就是海岸线上一个小小的凹处）拐了进去。岸上有一个满是砾石的小洼，他没有发现熊粪，就把船拉到岸上，翻过来晾晒，又在一条从上方乱石和森林中流出的溪流旁扎下营来。

利夫做这些事情简直不费吹灰之力。他的手几乎自动干完了活：迅速摆好用来围住篝火的石头，找鼠巢，打火，点火，把火生旺……

有条不紊。

根本无须思考。现在他走到哪里，哪里就是他的家；周遭的一切都无比熟悉，就好像是他为自己设计出来的一样。柴火得放在这里，鼠巢塞在那边就行……

当然，意外也时有发生。

比如要人性命的疫病来袭，比如遇到会吞噬万物的漩涡，比如好不容易钻出大雾，却毫无防备地钻进一大群又跳又闹、耍着花样找食吃的鲸。遇到这样的事情，只能面对，最后要么成功渡过险关，要么死去。

就这么简单。

要么生，要么死。

而在生死之间，只要敞开心扉，保持清醒，聆听、嗅闻、观察……

人就会获益良多。

十四

冰

这一带广阔的海湾似乎连成了串，怎么都看不到尽头，小岛不多、树木环绕、通往陆地的峡湾更是偶尔才会遇到。

一个由庞然大物主宰的世界。

在船上做苦工的那几年，利夫见过，也听到过许多令他啧啧称奇的事。海洋波澜壮阔、无边无垠。在一个晴朗的夜晚，他登上甲板，坐在老卡尔身边，抬头仰望星空，大声问道:“天上有多少星星啊？”

老卡尔吸了下陶土烟斗，喷出一口烟。“没法数，根本数不过来。天跟海一样大，没法拿尺量。太大了——它们就是这样的东西。星星多得数不清，海嘛……大得没边。”

这里的海湾也一样。宽广的水域被群岛围得严严实实，住满了大得没法称量的动物。我知道的数字根本不够用，利夫想。他在看到的第一个海湾岸边扎营歇息了三天，被欢闹、觅食的鲸撞见，随后沿着海岸向北而行。小船始终离海岸很近，几乎要碰到陆地。而鲸大部分时间都待在开阔的海域中，在他停船扎营歇息时为他表演。

熏鱼吃完了。在一个有溪流淌入的岛湾中间，利夫停下船，叉了十条大鲑鱼，熏好。这个岛并不安全，尽管利夫没有发现熊粪，但他还是担心熏烤架上鱼的香味会把熊引来，因此他睡得很浅，时刻准备把小船推入水中划走。好在熊并未出现，而且他还找到了许多黑莓，把肚子撑得溜圆。

在这里，利夫见到了妈妈的化身。

那天，他睡下来，一头巨大的灰鲸游到独木舟旁，陪在他身边。这是一头雌鲸——他不清楚自己是怎么知道的，只是感觉如此。雌鲸陪了他好几天。

它温柔和蔼、沉稳安静。但是有几次，利夫坐在独木舟里时，它用嘴顶了顶小船，还把下巴搭在了船边。利夫发觉自己在笑。随后，不知为何，他的脑海中浮现出妈妈的身影，于是他伸出胳膊，拍了拍它的鼻子。

一次又一次，它挨着独木舟漂游，似乎还小心提防着，防止自己撞到小船，伤到利夫。它只要稍一用力，就能把小船掀翻。可它没有。这头鲸似乎很喜欢利夫的爱抚。

它真和气，利夫想。应该算是和气吧。雌鲸想要了解利夫，利夫也感受到了它的善意。他俩待在一起时，利夫总能想起妈妈——她一定也这么温柔、和蔼、体贴。想到这里，他就会非常悲伤，同时又隐隐感到喜悦。这段经历丰富了他对没体验过的事的记忆。

他为雌鲸取名“格蕾丝”，因为他还是个婴儿时，码头上有一位同名的老妇人照顾过他，让他吮吸浸着牛奶和油脂的布头维持生命。他吸吮着，老妇人则抱着他，哼着不成调的曲子。现在，他发现自己一见到格蕾丝游上前来也会那样哼哼，同时想象着妈妈的模样。

不久之后，利夫来到一个离大陆很远的小岛——如今在大海湾中，这样的岛寥寥无几。他停船休整了三天，晾衣服、晒船。那头雌鲸没再出现，这让他有些伤心。之后的几天，不论是划船还是靠岸休息，他都会搜寻它的身影，然而它一去不返。

在这段时间里，海湾中鲸们的狂欢还在继续。现在雾起得越发频繁，利夫停船休息、晾衣晒船时，它们就像是专门为他献技、逗他开心似的。又一次，他躺在温暖的篝火旁，眺望海湾，看见一根根水柱从海面上升起，像水构成的树一般渐渐长高，然后又缩小。有三次，他见到两头几乎挨在一起的灰鲸并肩跃出海面，它们落下时激起的水花有小山那么高。利夫不禁想，也许它们真的是在跳舞。那么，它们或许有自己的音乐——它们靠近时，他曾隔着船板听到了它们的歌声。没准它们会边歌边舞。

场面可真大。

大得不得了。鲸之舞。

在这里，不管什么东西都比别的地方大。

顶着皑皑白雪的峻岭矗立在远方，全然不像以前那样密集的峡湾通往遥远的地方，一眼望不到头。真正的高山峡谷中灌满了海水。

利夫对其中一条峡道特别感兴趣，想要进去瞧瞧。看得出来，这是一道深峡，可峡道口特别窄，水流湍急，危机四伏。

他想把船划进去，但水迅猛地向外涌，冲击着独木舟，让他坐都坐不稳。不一会儿，小船便被冲进海湾。他回头一想，有些后怕：倘若小船被如此汹涌的水流裹挟，一定会翻覆沉底。

又长了些教训。他在不断地学习。

有些事情可以做，有些则不能。利夫总是为自己了解到某事是否可为而深感欣慰，但危险也随之而生——他要是自以为见识广博，无所不知，早晚会惹上大麻烦。

这里的海湾几乎跟开阔的海域一样大，起风时，海面会立马掀起波浪。不是开阔水域中那种在海波助力下形成的滔天巨浪，但也跟利夫站起来差不多高，如果他当时正跪在小船后侧划桨，它们就显得更高了。怒涛凶蛮霸道，让船难以前行。利夫发现，自己只要奋力划桨，让船头正对它们，就可以稳住小船。

可是它们会把独木舟往后推。这里的波浪会径直涌向岸边，其力度大小取决于风的强度。如果附近没有岛湾，利夫就无处藏身休息，免不了被困在乱石遍地的海岸线上。再说，万一大浪卷着独木舟砸向岩石，这艘小船一定会粉身碎骨。

而这一带的岛湾并不多。

这让利夫不止一次地不得不在开阔海域漂泊，不停地划桨，有时甚至一整天都在划，以防自己的担忧变为现实，以防小船撞上石头。

就这样，利夫划着、划着，最后不知何为疲倦，也感觉不到身上的酸痛，几乎什么都不想。现在他的身体跟一部划桨机器差不多，他的头脑似乎在自动寻找踏实安稳的感觉，搜寻一个个想法、一段段记忆，至少让他的灵魂能够在身体驾着小船劈风斩浪时飘往别处。

他想起了老卡尔，想起老人家的模样，想起他坐在船中的一盘绳子上或者捕鱼营地的篝火旁，眯起一只近乎瞎掉、派不上什么用场的眼睛，歪着头，讲起一个个故事，身边烟雾缭绕。故事里有海怪，有美丽的女子，也有不那么美丽但是值得铭记的东西……

比如现在。

现在，一个人的身体已经超越了真实的、可感知的、可忍受的，同时又不得不忍受的一切。

他想起了小卡尔总是面带微笑……

他想起了妈妈在梦中的样子——尽管他从没在做梦时看清她的脸。她只要稍稍扭头，就能让他看个清楚，可她就是不动……

他好想了解她。

他觉得自己在与恶浪夜以继日的搏斗中步入了超脱之境，看到了种种幻象。

鲸喷出的水柱，并不存在……

海湾灰蓝色水面的那一边，有亮光在闪烁……

地平线上的云一会儿变成房子，一会儿变成怪兽……

最后……

出现了一条蓝色的船。

利夫摇了摇头。老是有水花打在船头，溅到他的脸上，他的双眼被海水中的盐分灼得生疼。他擦擦眼睛，又甩甩脑袋，想让自己集中精神。就在那一瞬间，因为他没有划桨，船差点儿翻覆。他赶紧挺直腰杆，卖力划桨，免得跟小船一起被大浪卷走。

他再次抬起眼睛眺望远方。看见了，虽然很远，但就在那边，在地平线上，在宛若镜子反射出的、越过海面的梦幻之光中。一艘碧蓝的船端端正正地停在那里，上面还挂着怪模怪样的白帆。

不会吧。

不，不可能是船。糟糕，如果真的是船，我得赶紧逃——不行，如果真的是船，那它大概是来猎杀鲸的……

鲸，我的亲人……

他可不希望它们受伤、被捉到、被杀害、被拿来熬油。

他知道世界上有专门捕鲸、身上散发着焦肉与油脂恶臭的人。老卡尔说过，捕鲸船就好像烂肠子编成的，臭得要命，比那艘黑色的死亡之船还难闻。还有另外一种可能——这艘船也满载疾病……

所以他有千百个理由希望那不是一艘船。对，他想，怎么可能是船呢？谁会把船漆成蓝色？

不过，如果那真的是一艘船，他就得避免被船上的人发现，跟他们保持距离。于是他任凭大浪把自己推到离岸近一些的地方。这里有巨石和森林作掩护，他和他的小船没那么显眼。

利夫的脑海中闪过一个念头：掉头，向南划，回到小岛与峡湾遍布的地方。然而这个想法转瞬即逝，他的胳膊仍旧划着桨，让小船沿着堤岸向北而行，离那艘蓝色的大船越来越近。驱使他的还有好奇心——正是这种本能鼓励着他勇往直前，令他求知若渴。

去看看？

他是不是一定得跟那艘船扯上关系？

要看一看才知道。

利夫继续划桨，而大自然也有自己的行事之道——风减弱了，浪也迅速变温柔了，一股乱流涌到海岸附近，与利夫同向而行。就这样，没过多久，他又离蓝色的大船近了些。

现在他看得更清楚了，并且能够判断出那个东西正静止不动。白帆呈不规则形状，好像不大对劲，再说船也不应该待在那里，一动不动。利夫歇了歇手，让小船随流而漂。要是老卡尔把总拿在手上的黄铜小望远镜随行李一起扔在独木舟里，那该有多好！

它还很远，但利夫现在觉得那东西不像是一艘船，但也跟利夫认识的物件搭不上边。那是个蓝色的大东西，漂在海里，顶部雪白耀眼，高高地竖在空中。

更近了。他看见那大东西上蓝白交界的地方有许多小黑点。然后，有几个黑点落入了海中。

这么小，这么矮，应该不是大人。是小孩？几个孩子从船边跳下去了？水这么冷，会把人冻成冰块的。

不对。

利夫努力理清思路。跳入海中的，应该不是孩子。在海流的推动下，小船离那个怪东西又近了一些。他看清了，不是船。

他与怪东西之间的距离渐渐拉近，最后近到足以看清它到底是什么。

蓝冰。

它像山一样高大，某些地方像天一样蓝，某些地方则仍呈白色，上面爬满了海豹。几只海豹滑入海中，还有几只钻出水面，往冰山上爬。

利夫听说过冰山，船上的人谈起它时，总是面露惧色，因为他们生怕船在暗夜中撞上一座，破损沉没。老卡尔说他曾经看到一头雪白的北极熊在冰面上走，还说晚上谁在冰山附近放哨的时候睡觉，谁就会被“冰姑娘”带走。

利夫的确听说过冰山，但听到的都不是什么好事。而且，他听过的故事里，没一个提到过冰是蓝色的。

而这一座就在他的眼前，离他如此之近。他紧划几下，来到冰山边上，让船靠在这冰怪旁边。没错，是蓝色，而且是那种鲜亮的蓝。他看见船边漂着一小块碎冰，于是将它拾起，发现这一整块冰都透着蓝色。他嗅了嗅，舔了舔——不咸。它并非由海水冻结而成。

真是不可思议。

此时此刻，他身处海湾中间，或者是近乎中间的位置，被咸涩的海水包围，可这块蓝冰竟然纯净无味，就跟泉水冻成的一样。

太奇怪了。

利夫划着桨绕到冰山的另一侧。冰山东侧有一个宽阔的峡湾入口。峡湾通向东边，入口处也有一座冰山。这座稍小一些，但也湛蓝透亮，让他越发好奇。他划上前去，向峡湾里面张望，发现里面还有几座向东边绵延的冰山，其中一座很大。由于峡湾拐了个弯，因此利夫瞧不见更里面是什么样子。

他想，现在就跟摸虎鲸背鳍那个时候一样，冰山仿佛在催促他进入峡湾，他怎能拒绝?

利夫听从了冰山的召唤。此时恰好有一股海流涌入峡道口，因此他乘波而行，看见有几块碎冰跟着小船漂进了峡湾。独木舟缓慢又平稳地沿着断断续续的峭壁和偶尔出现的、树木遍布的海岸向前驶去。

很久之后，退潮了，海流开始向外涌。跟之前一样，水的流速并不高，但足以阻挡他与冰块前行。利夫担心被潮水冲出峡道，因此没有强行突进，而是把船系在岸边的灌木上，等待涨潮。

独木舟随着浪潮来回晃动，最后被利夫稳住——这一招是不是他在刚出发时学到的？他不知道现在距那时已经过了多久，也不知道自己走了多远。

大大小小的冰山出现在他眼前，但都没有他刚到这里时见到的那座大。峡湾宽广辽阔，水量丰沛，一定是因为这个，水才流得如此缓慢。他看见了几小群虎鲸，虽然离得太远，认不太清，但也瞧得出鲸群中没有大块头。还有两次，他见到巨大的棕熊在岸边的溪流中捕鱼吃。

整整一天过去了。利夫突然想到，没准这道峡湾——老卡尔要是在这里，就会叫它“菲约得[1]”——没有尽头，与另一片海相连,无边无垠。因此他想要掉转船头回去。前面，峡道拐了个急弯，他什么都看不见了。

这时，他听见一声巨响，以为是雷声。一声闷雷和某种越来越强的声音沿着峡道两侧的峭壁在水天之间回响，震耳欲聋，惊得他不禁停下船来。他想，一定是有几头灰鲸在那边戏水。

不等他多想，一人高的浪头便转过弯道，向他冲了过来，险些把独木舟淹没。利夫刚刚缓了口气，抓住一根从岸边探出的树枝。他刚来得及像老卡尔一样赌咒发愿，滚滚波涛便

[1] fjord，挪威语，指峭壁之间的峡湾。——译者注

从船下汹涌而过，小船剧烈地颠簸起来……

然后，万籁俱寂。

就连鸟叫声都听不见了——利夫还以为鸟儿们不论何时都会扯着嗓门儿嚷嚷。

他等待着。

好像大浪发出的雷鸣般的声音淹没了一切声响，他觉得刚刚这一切自有因果联系。他坐在小船里，屏住呼吸，倾听着，等待着。

然而无事发生。

于是利夫又划起桨来，插桨—划水，插桨—划水。最后，他终于来到通往西边的弯道处，转了进去，随即他发现，自己好像进入了仙境，眼前的一切令他浮想联翩。

峡湾尽头是一个小小的、近乎正圆形的海湾，最里侧矗立着一堵高大的蓝冰墙。这让利夫感觉整个世界都冻成了冰。阳光透过蓝冰洒落在水面上，变成了五颜六色的光斑。一大块冰挡在利夫的正前方，就在独木舟和冰墙之间，显然是刚从冰墙上脱落下来的。就是它砸出了刚才差点儿让利夫葬身水底的汹涌大浪。这块冰当然没有起初被他当成船的那座冰山那么大，但规模也相当可观。被蓝冰墙染成蓝色的阳光奋力穿过漂浮的冰地，似乎让它活了起来。

舞动之光。

“哦，”利夫不由自主地赞叹道，“太奇妙了！”紧接着，他压低嗓门儿，“太奇妙，太了不起了！”

光仿佛也射入、穿透了利夫的身体。他发誓自己感觉得到，他愿意用生命起誓，他感觉得到光在自己的身体中闪耀。他坐在那里，不知坐了多久。他与光共舞，还想与光同歌，想让灵魂也化作光，成为光。

随后，仿佛一切都在憋着劲等他，各种声音一下子从四面八方涌来——海鸟放开歌喉，又一大块冰噼噼啪啪地碎裂滑下，轰然入水。这一块比之前那块小一些，但也足以砸出巨响。冰块落入海湾，激起浪花。利夫眼见波涛从浮在海湾中间的冰块两边冲出，向自己袭来。

他赶紧用膝盖撑住船帮，抓住船舷，稳住小船。还好，这次的浪比较小，不具备破坏力。

不过万一再有冰块落下，激起大浪……

这个地方并不安全。

想到这里，利夫笑了。这个世界上，绝对安全的地方并不多。他的生活中根本没有“安全”这种东西。这么一想，他笑得更厉害了。

他没有动，仍然坐在海湾入口中央。万一有跟船一样大的冰块落下，他该怎么办？那么大的冰会砸出多高的浪？

忽然，他想起了老卡尔。那天，老人谈起了大海和船。“海特别大，”老卡尔几乎要唱起来了，“我的船特别小……”

他知道，明智的做法是离开，把船划出峡湾，这样才安全。

然而——

然而他还想在这里多待一会儿。这个地方美丽绝伦，充满魔法，蓝光翩翩起舞，穿透他的身心。好在他在冰墙对面那侧的海岸线上发现了一小片洼地——其实不过是地上的一个小坑。他没有浪费时间，赶紧把船划过去，将它系在一棵俯向水面的小树上，踩着石头上了岸。

这里的灌木不多，他猜想是被漂流的浮冰冲刷走了。可是他随后就看到一片黑莓，不禁诧异它们似乎到处都是。他将黑莓全部摘下，就着冷熏鱼吞进肚子，坐下歇息。

利夫坐在岸边，端详着冰墙，欣赏着这里的壮丽景色。这个地方像一个巨大的剧院，鸟叫声此起彼伏，流水在光晕中穿梭荡漾。不过他觉得这里虽然美丽，但不适合居住，不可久留。

在这里找不到木柴，一根都没有，到处都是石头。虽然他也经过了几条流入峡湾的小溪，但附近的地面上既没有沙子，也没有砾石，连小一些的鹅卵石也没有。水源大多是瀑布或者泉眼。这里不适合扎营。

所以他决定离开，就像离开其他地方一样。他会享受顺流慢行的乐趣，随波驶出峡湾，回到满是鲸的海湾中，继续向北进发。

不过现在……

现在，他还是想停留片刻，与这个地方融为一体，将这个地方的美好纳入心中。

再多待一会儿吧……

或许那个梦……

十五

梦中的故事

利夫原本打算向北走，现在倒像是在周游世界。他的经历有的惨痛乃至致命，有的则美好乃至妙不可言。现在，他开启了一段他知道自己将永生难忘的旅程。

几天后，利夫离开了冰墙——那天刚好有一大块冰落入海湾。他奋力划桨，让船疾速前行，以便在外涌潮水的助力下尽早划出峡湾，避免被落冰激起的大浪殃及。

一路平安。峡道中时而细雨蒙蒙，时而或者说经常浓雾笼罩，瑰丽的奇景令他叹为观止。日复一日，阳光晒干了利夫的衣服，也让利夫暖和到了骨子里。有那么几次，他放下桨，任小船随波漂流，在故事板上精雕细刻了好久。

利夫偶然间发现了一片有溪流淌过的小砾石滩，看见上面有可供生火的枯树，于是停船靠岸。地上没有熊粪——现在他每到一个地方都要先看看是否有熊出没的痕迹——所以他扎下营来，在溪边叉了十条鲑鱼挂在熏烤架上熏。

这一次，利夫仍然像回到了家一般，一切都那样亲切。篝火、熏烤架和黑莓让他觉得这里就是舒适的家。

他用鱼头和鱼骨煮了热汤，还往里面掺了些海水调味，随后便沉沉睡去。他睡着睡着，便会自行醒来——现在跟着他的除了渡鸦，还有天不怕地不怕的海鸥，因此他得时不时地起来添柴生烟。然而他依然睡得很香。

还做了梦……

就在这里，在他久久地休息、熟睡时，他突然明白了自己为什么要刻故事板。

起初，他只是稀里糊涂地刻着，让自己的经历和见闻以图画的形式再现。然而他并不清楚自己为何执意要记下这些事情。

他只是觉得，即使找不到缘由，也一定要坚持下去。于是他一有时间便在木板上刻画——在等待海流改向时，坐在篝火旁休憩时，甚至在驾船随波漂流时。

在刻故事板的同时，利夫还有了丰富的梦中生活。在梦里，他总是思绪飞扬，常常还想入非非。他的梦大多光怪陆离，不过从幼时起，他便会在码头与船上梦见妈妈。

他出生时，妈妈就去世了，因此他并不记得，也不认为自己见过她。然而他知道她，听说过她，也明白自己曾经被她孕育，因此在某种程度上，他可以了解她、感受她，清楚自己的生命源自她，自己身上流着她的血。

只可惜他在梦中从来都瞧不见妈妈的脸。她总是跟别人说话，背对着他，而男孩听到的只是含混不清的低语。

关于妈妈的梦总是很真实，真实到他一梦见妈妈就会真切地感觉自己正跟她待在一起，可以站起来寻找她，走到她面前看她的脸。

看见他，妈妈应该会笑吧。

利夫不知道自己为什么会这样想，会以为妈妈很高兴见到他。然而，他每次走出梦境，都会想，要是他真的见到了妈妈，能够跟她说话，那她一定会笑容满面。

她会对他笑，为他高兴。她的笑一定很温柔。她有温暖的微笑、慈爱的双眼。

他把这一切刻在了故事板上。不，现在它已经不是故事板，而是记梦板。

因为，他想，如果梦如此真实，让他真切地感受到了妈妈的陪伴，那么它就不是虚幻的，或许真的有梦幻世界。一定有。既然他醒来时也能体味来自梦幻世界的梦境，哪怕只有那么一小会儿，那么……

那么……

那么，他也一定能够把现实生活，把无拘无束的生活带回到梦幻世界中。他觉得联结两个世界的一定不是单行道。

在刚刚向北行进时，利夫就有过这样的想法。那时，他为这次旅行取了个名字——“向远方划”。有一段时间，他病得神志不清，幻觉重重，觉得自己又陷入辨不清梦境与现实的状态中了。

然而他又想，一个人要是真的出现了幻觉，看见纷乱的影像，脑袋胡思乱想，就跟被麦酒和蜂蜜酒泡坏了脑子的码头工人似的，那么他根本就不会有自知之明。

所以说，如果他知道，或者感觉头脑失去了控制，那么他便没有陷入幻觉中——这种想法虽然有点儿奇怪，但也合乎逻辑。

他还是利夫。

倘若这一切并非幻觉，那么他很可能没有想错：真的有梦幻世界，而且他或许可以找到它的入口。

利夫清楚，或者说他自以为清楚，他根本无法前往或进入那个世界——即使他从梦中醒来时，感觉梦境无比真实。然而它就在那里，或者说他认定它就在那里，确定无疑。或许有办法往那里捎信。

向梦中的妈妈捎信。

在顺着洋流向北行进时，利夫苦思冥想，最后终于有了主意，或者说他感觉自己有了主意。

他要以故事板为媒介，或者尽量把它利用起来。每次入睡之前——不是打盹，是真正的沉睡——他要用心盯着故事板，这样它便是他睡着前见到的最后一样东西。如果能携着故事板入梦，他就可以带着它到处走。这样他或许看不到妈妈的面庞、微笑与和蔼的双眼，但可以让她看看故事板上记了些什么。

让她了解自己。

如果他坚持不懈，也许有一天他会成功，能在梦中让妈妈转过身来，看到她的面容。

因为这一切，因为他所有的想法与期冀，故事板变得更为重要。利夫不停地在上面刻刻画画，让他的故事日益完善，还用海滩上的沙子磨平木刺，用鱼油把它抹得光溜溜的。最后，在他的精心照料下，故事板乍一看酷似一块上了年头、打蜡均匀的上等皮革。

对于自己的点子，利夫仍存有一丝怀疑，但坚持下去的信念胜过了一切。他一有时间就拿出故事板来修改润色……

在这段时间里，小船始终靠着海岸向北行驶。他只顾着划桨、漂流、刻故事，没能及时察觉周围的景色正在改变。

以前相对较小，有鲸在里面嬉戏的海湾，变得越发宽阔。当利夫终于感受到浪涌，抬起头来眺望时，眼前的大海无边无际，空茫一片。老卡尔说过，浪涌是由世界另一头的风暴生出的大家伙。

大海宽广辽阔。

而他的独木舟渺小至极。

现在他同样不愿被困于洋面，打算先沿着海岸前进，要是海流改向便上岸歇息，等待时机。然而，浪涌越发剧烈，波涛卷起独木舟，左甩右摇。他不禁又想回头，回到南边有峡道遮蔽的地方。

忽然，他发现了一支桨。

一支修长精巧的双手用桨。它以直纹云杉做成，没有木结，柄上烫着他不认识的标记——一只鱼鹰。

利夫将它从水中捞出，让小船顺流而漂，自己端详起长桨来。它也许是从炼油船、捕鲸船等大船所配的小艇上掉下来的，在洋流、浪涌和风的作用下从某个地方漂洋过海，一路远行……

等等。

这支桨没有缠绕水草，光洁如新，呈金棕色——让他垂涎欲滴的干净蜂蜜的颜色。此外，桨上一个虫眼都没有——海里的蛀虫顷刻间便会把一块光秃秃的木头啃得面目全非。

也就是说，这支桨在海中泡的时间并不长，甚至不到几个星期，或许只有几天。利夫不禁抬眼眺望——也许地平线上正漂着一艘大船。

有船就有人。

船，人，一个他不愿意看到、不愿意面对的世界。

或许有一天，他不得不重返那个世界。

不过不是现在。

我还没有准备好。

到时候再说吧。

利夫把那支桨拖到独木舟上——这东西说不定以后有用——掉转船头，向南划去。在背后护送他的，是微风和海流。

他要去南边，去大船去不了的地方。他要找一个有大岛湾的安全岛，在上面扎营长住，甚至过冬。他要在火堆旁建一座树皮屋，要多熏些鲑鱼做冬粮，还要想办法钓几条经常被老卡尔挂在嘴边的那种下腹扁平、通体透亮的大鱼。

要再学点儿东西。

要在梦上多下功夫，看清妈妈的脸。

也许有一天，待天气晴朗、万事俱备之时，他会回到海上，再度向北而行，坦然面对大船上的人。

然而现在不行。

他使劲划桨。小船翘起头来，在海面上轻盈滑动，向南而去。

作者后记

这个故事我写了很久，书中反映的其实是我的生活。

在只有三四岁的时候，我跟外婆在一辆由现锯的粗糙松木制成的拖车中过活。当时外婆在北明尼苏达一支筑路工人队伍的厨师营地里做工。每天晚上，她一干完活，我俩就裹着毯子坐在她的铺位上，数趁天黑成群结队钻出洞来的老鼠。我会喝上半杯掺了水的淡牛奶——那个味道，我这辈子都喜欢不起来；外婆还常常塞给我一块窄窄的、脆皮上撒了糖的苹果派——这东西倒是一下子就成了我的心头宝。

外婆会喝着茶，看着我喝光牛奶，吃完苹果派，把黏糊糊的手擦干净。随后，她就跟我一起紧紧地裹着毯子，深吸一口气，把嘴贴在我耳边，像唱歌一样轻声讲起故事来。

很好听的故事。

外婆来自一个古老的国家——挪威。她说在挪威，人要么由土地生养，要么是大海的子女。也许她所知道的、听说的，以及讲述的一切，都源于她的童年，源于大海。

出自外婆之口的，不是幼稚的童话，也不是童谣。她讲给我听的，是令我终生难忘的关于大海的故事。她的故事如此真实，让我简直嗅到了海水的咸味，听到了绳索和船板吱嘎作响的声音。在我的头脑中，北海的巨浪从咆哮如雷、翻涌如沸的水面上奔袭而来，兜头拍下，把一艘艘大船变成了一根根歪七扭八的雪橇板。

一晚又一晚，在厨师营地中，外婆让大海的故事跟我的想法交织在一起。我听着，听着，渐渐睡去。在梦中，盐渍鲱鱼和干鳕鱼的腥味挥之不去，第二天早上我醒来时，仍然嗅得到、尝得到。

她把我心中的大海引到了现实世界中。

让它永不干涸。

永不消失。

就这样，我七岁时跟随妈妈乘坐旧军舰横穿太平洋去菲律宾群岛找我的爸爸。我站在甲板上，端详大海，看着、嗅着、感受大海。它酷似一只深蓝色的巨碗，把我装下。刹那间，我彻底被它征服。我感觉它属于我，在召唤我。回想当时，我对大海怀揣着一种直接纯粹的爱——只是那时我没有多想，只顾着感受、体会。我频频屏住呼吸，没有思考，也没法思考，眼看着蓝色的巨碗跟天空融为一体。

我感觉自己回到了家中。

它永远都不会离开我。在某种世代相传的血脉记忆的鼓动下，在外婆的故事的诱导下，余下的时间里，如果我不靠近海，不乘船出海，就会想念大海，心中生出想家的感觉。

后来……

大约二十年之后，我二十七岁，役满退伍，打算学习写作。一位挚友把我带到了她父母位于加利福尼亚箭头湖湖边的别墅。那里风景优美，有一座木码头从岸边伸入水中，上面拴着一艘小帆船。船由粗糙的胶合板制成，十分破旧，漆也涂得乱七八糟，但它的桅杆和帆还在，只是帆潦草地系在帆桁上，耷拉到了船底，还有三到四英寸[1]高的脏水在船中晃来晃去。

总之，这艘小船算不上漂亮，我根本不想多看一眼。当时我对航海一点儿都不了解，基本上一无所知，最多乘着机动船横渡过太平洋，怎么会把帆船这种老古董放在心上？

然而……

然而。

朋友问我愿不愿意试试手，我就想："干吗不试试？"于是她让我用旧咖啡罐将船中的脏水舀上来，她则拉起船帆，固定好吊索，把横穿过帆船的扁平木板推入水中——以后我就会知道，那是中插板，是避免风帆张开时小船侧翻用的。随后她放下船尾的舵叶，将舵柄交给我，解开拴船的绳子，把船推离了岸边。

她拉起帆索。风不大，但把帆吹得鼓鼓的，推着小船划开碧波。她教了我怎样掌舵，我们便正式出发了。

[1] 英寸，英制长度单位，1英寸约合2.54厘米。

船漂啊漂。

我在驾船。

我至今还记得风帆鼓起、船开始漂动时心中的感觉。船仿佛突然有了生命，化为美丽、神奇之物，不再是一条无人理会、由发霉胶合板和破布组成的破船。

它舞动起来。

我无可救药地迷上了那支舞，一生未能忘却它。

我感觉自己又回到了海上。

那时，我就觉得这一刻终究会到来。我终究还是把驾船和对大海的热爱联系在了一起，就像呼吸一样自然。就这样，我开启了一场似乎没有终点、以船为媒介的旅行——不，航行。

我乘坐过许多不长于三十英尺[1]的小船，有的精巧美观，有的粗糙简陋，有的破破烂烂。我把自己托付给了大海和风，从加利福尼亚州的文图拉出发，向南而行，路过巴哈，进入科尔特斯海，穿过巴亚尔塔港后，绕到巴哈靠太平洋的一侧，随后向北前

[1] 英尺，英制长度单位，1 英尺约合 0.3048 米。

往加利福尼亚州，横穿至夏威夷，来到萨摩亚、汤加和斐济，再回到夏威夷，遍游夏威夷群岛，最后返回加利福尼亚州——有时独自一人，更多的时候会带几个朋友做帮手。

我学会了航海，学会了怎样与风、与大海、与波涛融为一体。

后来，我再次回到加利福尼亚州的文图拉，倾尽所有装配好一条小船。这条船十分笨重，设计拙劣，而我这个驾船之人也技艺生疏，因此别人都称我们这个组合为“海上废物”。

随后，我划船向北而行。

这就是我的打算。我要游遍北美西部的海岸线。

在加利福尼亚州的康塞普申角和门多西诺角，还有俄勒冈州的布兰科角等令人闻风丧胆的恐怖之地，我一往无前，劈风斩浪。

我乘风破浪，最后驶入胡安·德富卡海峡，先是朝东，而后向北，大浪——天哪，那么高、那么大的浪——一直涌到温哥华岛北端。随后我驾船驶入无边无际、让人无处藏身的北太平洋。风暴从白令海峡袭来，大海、狂风、天空和浓雾交织在一起，打算夺人性命。

巨大的鲸要么对我视而不见，捕食、唱歌、舞动，我行我素；要么把我当作同类，友好亲善，毫无保留。灰鲸似乎特别喜欢跟人亲近，经常把鼻子搭在船舷，让人摸摸拍拍。庞大的蓝鲸也经常待在船边，哪怕被人触摸也不抗拒——尽管我从未见过哪头蓝鲸主动把鼻子凑过来。蓝鲸是地球上最大的动物，它们的个头比巨型恐龙还大。

逆戟鲸，也就是虎鲸，总能让我想起狼——正面意义上的狼。我见过的虎鲸既不凶残也不霸道，就连进食或者亲子之间嬉闹时被我不小心打扰到的那些也不例外。它们只会针对问题一本正经地加以解决：把我推开，或是不理我。

有一次，半夜时分，在哥伦比亚河的湍流入海的地方，天气很差，我焦头烂额地躲避着随波而下、半沉半浮的圆木——多年以来，被它们撞沉的船只不在少数——不小心闯入一头成年雄虎鲸和它的一家中间。

当时它大约离我有四分之一英里[1]那么远。它见我的船离它的妻子和孩子比它离得还要近，便用背鳍劈开波浪，大声怒吼，一跃而起扑到我的身边——差不多是整个身体腾空飞过来的——让我离它们远一点儿。我乖乖听话，它便就此罢休，没有为难我。

在朱诺市南边的特雷西·阿姆峡湾的入口处，我第一次看到了冰山。当时我距它有六七英里远，真的把它当成了一艘蓝白相间的游轮。我的小船开得很慢，几乎是几英寸几英寸地向它靠近。后来，我发现它根本没有动，但仍然以为它是一艘船。船要不停地移动才不会脱离人的控制，而这一艘像是被卡在了那里。因此我想，那边的东西或许是一艘遭难的船，又或许根本不是船。

最后我靠上前去，发现它原来是一座巨大的蓝色冰山。它的规模和颜色令我吃惊不已。它很大，像一座冰岛，又像天那样蓝。蓝色冰山由古老的极深冰川形成。极深冰川重量巨大，经年累月将冰雪之中的空气尽数压出，于是不含空气的冰川冰便呈现出美丽的

[1] 英里，英制长度单位，1英里约合1.609千米。

蓝色。这种冰最终都会“崩解”入海。它们融化得很慢——我是在把它们往简易冰箱里装时发现的。这座冰山之所以静止不动，是因为潮水退却，那里的海水变得更浅，让它落在了海底；涨潮海水变深时，它便浮了起来。冰山的危险性并不是特别大，只是有时它们头重脚轻，会一下子翻转过来。人要是被压在下面，恐怕难以逃生——身上就像压了一个小小的国家，怎么可能脱逃？

有一个晚上，我被困在温哥华岛北侧的一个小湾中——当地渔民都称其为“壮胆湾”，因为他们经常用它来躲避向北奔涌的、恐怖至极的风暴浪。在开阔的海域中，高达一百英尺的巨浪极具破坏性，简直能够摧毁一切。

让万物覆灭。

我把船拴在岸边的树上，舔舔伤口，修补船损坏的地方。这时，几头虎鲸游过来，在附近休息。我坐在那里，喝着温吞吞、掺着土味的茶，筋疲力尽，半昏半睡，眼睛睁着，大脑自顾自地忙活起来。于是这个故事……

利夫的故事……

宛若在渡鸦大翅膀上翩翩起舞的灵魂……

闯进了我的脑海。

利夫遨游过的荒野海岸是一片神秘之地，灵感就来自我旅行过的北美海岸以及我祖先生活过的挪威海岸。毫无疑问，木制独木舟可以远航。其实，由十字棍将两条独木舟固定在一起而做成的简易双体船的确横渡过大洋——那两条独木舟只比利夫的小船稍大一点点。

当然，在我的旅途中，有几个利夫根本去不了的地方。某些峡湾入口处的潮汐流太猛，人难以掉转船头冲进去。福特恐怖峡湾就是这样的地方，好在我终于渡过难关，化险为夷，像利夫那样扎营住了很久。峡湾中美不胜收，有瀑布，有河流，还有捉鱼的熊。但是驾驶独木舟这样的小船实在困难重重，而且很可能会遇险罹难。

利夫的探险之旅源于一场疫病——霍乱，这是贯穿人类历史的致死疾病，即使是现在，世界各地每年仍有多达四百万人遭受它的折磨。该病的蔓延是含有霍乱弧菌的粪便污染食物与饮用水造成的——苍蝇由污物飞至食物与水面、散播病菌是其传播的典型渠道之一。霍乱弧菌繁殖至致死量所需要的时间，短则一两个小时，长则五天。感染者可能因剧烈呕吐与腹泻导致脱水与全身器官衰竭惨死。当然，到了今天，这种疾病可以通过接种疫苗和采取卫生措施来预防，也可通过积极补液、使用抗生素来医治。

诚然，利夫历经磨难，是因为他选择的道路“并不安全”，其实正如他所想，他的日子里根本没有“安全”这种东西。然而，只要勇于面对危险与困苦，敞开心扉，时刻学习，乐于求知，再加上一些运气，我们便可以像利夫一样转危为安。

朝向北方，勇往直前。

图书在版编目（CIP）数据

乘风破浪的少年 /（美）加里·保尔森著；蔡鑫译．昆明：晨光出版社，2025. 6. -- ISBN 978-7-5715-2763-1

Ⅰ．I712.84

中国国家版本馆 CIP 数据核字第2025643YX2号

著作权合同登记号　图字：23-2022-018号

CHENG FENG PO LANG DE SHAO NIAN

乘风破浪的少年

〔美〕加里·保尔森 著
蔡鑫 译

出版人 杨旭恒

绘　　者 〔英〕乔·威尔逊
项目策划 禹田文化
版权编辑 张晴晴
责任编辑 李　洁
项目编辑 杨　博
营销编辑 赵　莎
封面设计 木
内文设计 MiRose
责任印制 盛　杰

出　　版 晨光出版社
地　　址 昆明市环城西路 609 号新闻出版大楼
邮　　编 650034
发行电话 （010）88356856　88356858
印　　刷 北京兰星球彩色印刷有限公司
经　　销 各地新华书店
版　　次 2025 年 6 月第 1 版
印　　次 2025 年 6 月第 1 次印刷
开　　本 145mm × 210mm　32 开
印　　张 6.75
I S B N 978-7-5715-2763-1
字　　数 110 千
定　　价 28.00 元
